dtv

Dieses Buch handelt von glücklichen Menschen. Von Menschen, die sich frei und leicht fühlen. Jedem von ihnen ist es gelungen, sich von schwerem Ballast zu befreien. Etwa von einer herben Schwiegermutter, einem zänkischen Partner oder einem unverwüstlich scheinenden Erbonkel. Die Fälle haben eine erstaunliche Gemeinsamkeit: Nirgends weist die geringste Spur auf einen Täter hin. Alles spricht für Zufall oder höhere Gewalt. Und doch hat stets jemand mit Fleiß und Liebe nachgeholfen …
Dietmar Bittrich hat die Künstler der Selbstbefreiung aufgesucht und ihre Tricks und Kunstgriffe erforscht. Jetzt offenbart er ihre raffiniertesten Geheimnisse.
»Amüsant und spitzfindig wird hier die Hinterlist mancher Zeitgenossen aufgedeckt. Inhaltlich frech und sprachlich brillant.« (Bergische Morgenpost)

Dietmar Bittrich wurde als Kind Hamburger Auswanderer in Triest geboren und lebt heute als Autor (sowie mittlerweile Erbschaftsberater) in Hamburg. Mehrere sehr erfolgreiche Veröffentlichungen, darunter der Bestseller ›Das Gummibärchen-Orakel‹. Hamburger Satirikerpreis 1999.

Dietmar Bittrich

Der tödliche Rasierspiegel

Wie man lästige Verwandte loswird

Deutscher Taschenbuch Verlag

Von Dietmar Bittrich
sind im Deutschen Taschenbuch Verlag erschienen:
Böse Sprüche für jeden Tag (20676)
Böse Sprüche für Sie & Ihn (20761)

Ungekürzte Ausgabe
Juni 2005
Deutscher Taschenbuch Verlag GmbH & Co. KG,
München
www.dtv.de

Ein Teil der hier versammelten Berichte erschien
erstmals 1997 in dem Band ›Der tödliche
Rasierspiegel. 33 seltsame Morde‹
Umschlagkonzept: Balk & Brumshagen
Umschlagbild: © Thomas Günther
Satz: Dörlemann Satz, Lemförde
Druck und Bindung: Druckerei C. H. Beck, Nördlingen
Gedruckt auf säurefreiem, chlorfrei gebleichtem Papier
Printed in Germany · ISBN 3-423-20809-0

Inhalt

Mit Fleiß und Liebe oder Wie dieses Buch entstand

Das neue Jahrtausend war für mich gleich wieder zu Ende. Auf der Heimfahrt von einer trüben Silvesterfeier unterschätzte ich eine Kurve der Elbchaussee. Als ich wieder erwachte, blickte ich auf Pulsschreiber und Infusionsschläuche. In den Stunden der Bewusstlosigkeit war mir allerdings etwas widerfahren, was Forscher ein Nahtod-Erlebnis nennen. Dieses Erlebnis hat mir meine Angst vor dem Sterben genommen.

Seither verfüge ich über eine zwiespältige Gabe. Ich sehe einigen Menschen an, dass sie das Ableben eines anderen gefördert haben. Ich erkenne es an der nebelhaften Aura, die diese Menschen umgibt. Es ist, als ginge der Schatten des Verblichenen immer noch mit ihnen, zu jeder Tageszeit. Von solchen Menschen handelt dieses Buch. Meist habe ich sie zufällig entdeckt, im Zug, im Restaurant, auf einer Bank im Park.

Wenn es möglich war, habe ich sie angesprochen. Nach ein paar freundlichen Worten habe ich sie um ihre Geschichte gebeten, stets unter Zusicherung vollkommener Diskretion. Wen haben Sie von seinen irdischen Lasten befreit?, erkundigte ich mich höflich, und vor allem: Wie haben Sie das gemacht? Um meine Verschwiegenheit zu bekräftigen, habe ich gleich mein eigenes Interesse genannt. Ich habe da nämlich einen Erbonkel …

Und Sie vielleicht auch? Oder geht es bei Ihnen eher um einen ranzigen Schwiegervater, einen mäkelnden Partner oder eine allzu vitale Tante? Möchten Sie einem lästigen Konkurrenten den Aufstieg in die Gefilde der Seligen erleichtern? Oder Ihrem Chef die Gelegenheit geben zur baldigen Wiedergeburt auf einem anderen Kontinent und in einem besseren Leben?

Dann sind Sie zweifellos wohltätig. Und auf jeden Fall sind Sie hier richtig. Freuen Sie sich auf die nachahmenswerten Kunstgriffe, die meine freundlichen Gesprächspartner offenbaren.

›Wie man lästige Verwandte loswird‹ nenne ich das Buch im Untertitel. Den Begriff der Verwandtschaft fasse ich weit. Ganz im Sinne von Oscar Wilde, dem zufolge wir in unserem Leben überhaupt ausschließlich und immer nur Verwandten begegnen. Diejenigen, die uns besonders lästig fallen, sind uns, zumindest im Geiste, ganz besonders nah verwandt. Deshalb stören sie uns ja so. Es kann nur einen geben. Das Original. Eben uns.

Also, frisch ans Werk. Die meisten meiner tatkräftigen Zeugen machten, trotz jener nebelhaften Aura, einen glücklichen Eindruck. Die wenigsten quälte ein Unrechtsbewusstsein. Bei einigen kam etwas wie Stolz und Ehrgeiz zum Vorschein. Andere gerieten während des Gesprächs geradezu in heiterste Stimmung. Sie genossen die Erinnerung. Das Erzählen befreite sie. Und tatsächlich sah ich alle ohne dunkle Aura aufstehen und fortgehen.

Dass ich eine Veröffentlichung plante, habe ich keinem verschwiegen. Einige waren damit nicht einverstanden; ihrer Ablehnung habe ich mich gebeugt. Den anderen reichte es, dass ich für das Buch die Namen und Ortsangaben änderte. Wo es den Beteiligten gleichgültig war, habe ich es bei den korrekten Angaben belassen. In etlichen Beispielen, aus Trotz oder Hochmut, wollten sie sogar ausdrücklich genannt werden.

Alle Fälle aber, und das war mein Hauptinteresse und ist offenbar auch Ihres, verfügen über eine magische Gemeinsamkeit: Sie sind perfekt. Nirgends weist die geringste Spur auf einen Täter hin. Alles am Hergang des Geschehens spricht für Zufall oder höhere Gewalt. Und doch hat stets jemand fleißig und mit Liebe nachgeholfen. Möge auch uns, Sie und mich, die Liebe segnen.

Hamburg, im Januar 2003 – Dietmar Bittrich

Wettkampf der Geschlechter

Sie sind doch auch ein Mann«, sagte mir Jan Sobotta. »Sie müssen doch etwas dagegen haben, dass die Frauen aufsteigen. Dass sie sogar Chefinnen werden! So unberechenbar und emotional, wie sie sind. Das ist nicht gut. Für die Frauen selbst ist es schlecht. Sehen Sie nur all diese frustrierten Gesichter! Es bekommt ihnen nicht! Die Frauen leiden selbst darunter! Sie müssen befreit werden! Na, ich habe mein Teil getan.«

Im Regensommer 2002 traten in Mitteleuropa die Flüsse über die Ufer. Sie untergruben Straßen, knickten Eisenbahnbrücken und schwemmten stinkenden Schlamm in alte Städte.

An einem Freitagnachmittag konnten die Angestellten eines bekannten Versicherungshauses in Dresden ihre Autos noch aus der Tiefgarage holen. Am Sonnabend wäre es nicht mehr möglich gewesen.

Jan Sobotta, der am Abend des Freitag von einem dreitägigen Seminar zurückkehrte, das seine Führungsqualitäten in noch lichtere Höhen geschraubt hatte, musste feststellen, dass er das Garagentor nicht mehr trockenen Fußes erreichen konnte.

Da er zu den Auserlesenen zählte, die einen Schlüssel zum Haupteingang besaßen, konnte er das verwaiste Gebäude dennoch betreten. Als er die Tür des Treppenhauses öffnete, um von oben in die Garage zu gelangen, sah er die braune Suppe bis zur halben Höhe der Stufen schwappen. Er hätte ein Floß bauen müssen, um dann durchs Schiebedach ins Aquarium seines Wagens zu klettern.

Am folgenden Tag war das Wasser noch höher gestiegen. Sobotta suchte das Versicherungsgebäude auf, als ließe sich das Geschick seines Autos durch persönlichen Beistand noch wenden. Er hätte einen Taucheranzug gebraucht. Nur die drei obersten Stufen der Kellertreppe waren noch trocken. Er betrachtete die weißen Marmorfliesen der Eingangshalle und glaubte zum ersten Mal, die biblischen Schrecken der Sintflut zu verstehen. Den Gebäudeversicherungen winkte ein verlustreiches Jahr.

Überrascht stellte er fest, dass der Fahrstuhl noch funktionierte. Er fuhr ins höchste Stockwerk, um den Untergang der Welt von oben zu betrachten.

Die Gassen der Altstadt glichen venezianischen Kanälen. Helfer in Gummistiefeln balancierten über provisorische Stege. Schlauchboote mit Außenbordmotoren, Ruderboote und Kanus glitten an den Häusern vorüber, machten an Türen und Fenstern fest, übergaben Deckenstapel und Kartons voller Lebensmittel oder luden Menschen und Gepäck ein und fuhren zu den Landestellen an den Aufgängen zur oberen Stadt. Es war ein friedliches und heiteres Bild.

Jan Sobotta dachte an den Platz im Garderobenschrank, an dem warm und trocken seine Kamera lag. Da fiel ihm eine exzellente Fotografin ein: Sonia Gerbaulet, eine Senkrechtstarterin in der Firma, deren angeblich in der Freizeit aufgenommene Fotos bereits einige Flure und Konferenzzimmer in der Führungsetage schmückten.

Er ging in sein Büro und rief sie an.

»Wissen Sie, was Sie sind?«, fragte sie. »Ein Hellseher.«

Eine halbe Stunde später öffnete er ihr die verchromte Glastür des Haupteinganges und schloss hinter ihr wieder ab.

»Nicht jeder hat einen Schlüssel«, sagte sie mit schiefem Lächeln. »Nein«, antwortete er. »Aber Sie werden auch bald einen bekommen. Eine Frau wie Sie kann einen ganzen Konzern rausreißen.«

Sie fuhren in die oberste Etage und stiegen die letzten Stufen aufs Dach. Beim Blick auf die überschwemmten Promenaden und die neu geschaffenen Meere am anderen Ufer jauchzte sie vor Begeisterung. Dann begann sie mit einer langwierigen Serie von Fotos.

»Sonia Gerbaulet war eine dieser abscheulichen Powerfrauen in Designerkostüm und täglich neu geföhnter Frisur«, erzählte Jan Sobotta. »Sie sah einschüchternd gut aus, hatte einen blitzenden Blick und lachte mit mindestens zweiunddreißig bissfähigen Zähnen. Eigentlich kam sie aus dem Vertrieb, aber jetzt war sie dabei, ins Topmanagement aufzusteigen. Ihre Fähigkeiten ließen sich nicht bestreiten. Aber ein Mann wäre um diese Zeit nicht so weit damit gekommen. Sie war ein lebendiges Zeichen dafür, dass die guten Zeiten für Männer zu Ende gingen. Sie hatte Erfolg, und sie machte Karriere, weil sie eine Frau war.«

Ihr selbst gegenüber stellte Sobotta den Sachverhalt in anderem Licht dar. »Was diese Firma braucht«, sagte er ihr, »ist eine Frau an der Spitze. Das wäre ein Signal. Damit stände uns die Zukunft offen.«

»Und Ihre eigene Zukunft?«, fragte sie. »Ich hatte immer das Gefühl, Sie wollten selbst an die Spitze?«

»Vor ein paar Jahren mag das so gewesen sein«, antwortete er. »Inzwischen sind mir meine Kinder wichtiger. Wer ganz oben ist, hat kein Privatleben mehr. Es mag sentimental klingen, es mag auf altmodische Art sogar weiblich klingen, aber mir ist die Familie inzwischen wichtiger.«

»Alle Achtung.« Sie nickte anerkennend und wohl auch überrascht, während sie den belichteten Farbfilm aus dem Apparat nahm und einen neuen einlegte. »Jetzt das Ganze noch mal in Schwarzweiß.«

Sobotta ließ nicht locker. Er musste sie auf das Thema des Geschlechterkampfes bringen.

»Finden Sie nicht auch, dass es ganz gut ist, wenn die Männer mal die Rollen übernehmen, die immer die Frauen hatten? Und umgekehrt?«

»Das geht doch gar nicht«, sagte sie.

Jan ärgerte sich. Genau diesen Satz hatte er sagen wollen. Nicht sie, sondern er musste die unabänderlichen Unterschiede herausstellen. Wenn der Dialog so weiterlief, würde er sie unmöglich zu dem tödlichen Wettkampf auffordern können.

»Nein«, sagte er. »Das geht nicht. Weil Männer letzten Endes doch immer stärker bleiben. Physisch stärker.« An ihrem ironischen Lächeln glaubte er zu erkennen, dass sie nun so weit war.

Aber sie sagte: »Warum machen Sie sich so viele Sorgen darüber?« Sie war fertig mit ihren Fotos und packte die Kamera ein. »Lassen Sie uns lieber einen Kaffee trinken gehen. Haben Sie denn das Gefühl, Sie sind nicht stark genug?«

»Doch, natürlich!«, sagte er. Nun brauchte er seine Gekränktheit nicht einmal zu heucheln. »Ich kann es Ihnen sogar beweisen.«

Sie schüttelte den Kopf und lachte. »Mir müssen Sie nichts beweisen. Ich denke, Sie wollen sich um Ihre Familie kümmern?«

»In dem Augenblick«, erzählte mir Jan Sobotta, »kam ich mir wirklich dumm vor. Gerade hatte ich ein Management-Seminar besucht, schon war ich mit den Künsten meiner Gesprächsführung wieder am Ende. Deshalb habe ich gar keinen raffinierten Versuch mehr gemacht. Ich habe ganz einfach gesagt: Es mag Ihnen albern vorkommen, Frau Gerbaulet, aber ich möchte Sie zu einer Wette herausfordern. Dieses Gebäude ist sieben Stockwerke hoch. Ich wette mit Ihnen, ich bin zu Fuß eher unten als Sie mit dem Fahrstuhl.«

»Wollen Sie springen?«, fragte sie.

»Wir starten vor der Fahrstuhltür im siebenten Stockwerk. In dem Moment, wo die Tür sich schließt, flitze ich los. Sie werden sehen, unten in der Halle werde ich Sie empfangen. Etwas außer Atem zwar, aber als Erster. Weil Männer physisch stärker sind.«

»Lassen Sie Ihren Männlichkeitskomplex weg«, sagte sie, »sonst trinke ich keinen Kaffee mit Ihnen. Aber wenn Sie rennen wollen, meinetwegen. Ich will es nicht.«

Sie betrat den Fahrstuhl.

»Ich bin startbereit«, sagte Jan.

Sie betrachtete ihn kopfschüttelnd: »Die ewigen kleinen Jungs.«

Er lachte ihr durch den Spalt der sich schließenden Türen noch zu. »Erster!«, rief er albern.

Dann startete Jan tatsächlich seinen atemberaubenden Lauf, nur nicht abwärts, sondern treppauf. Nicht weiter als bis zu jener Tür, hinter der sich die Steuerungsanlage für den Fahrstuhl verbarg. Er bewegte den Hebel, mit dem sich die kabineneigene Steuerung überstimmen lässt, in jene Stellung, die den Fahrstuhl unabwendbar in den Keller schickte. Er stellte sich vor, wie die Powerfrau Sonia Gerbaulet auf die Taste mit dem Buchstaben E einhämmerte, während immer nur der Buchstabe K leuchtete, und der Buchstabe K leuchtete hartnäckig, bis die dunklen Wasser der Elbe die Elektrik ertränkten.

»Ich habe mich noch eine Stunde aufs Dach gesetzt«, erzählte Jan Sobotta. »Ein Versicherungsmann will nun mal sichergehen. Erst dann habe ich den Hebel wieder in die gewöhnliche Stellung gebracht. Nun musste ich allerdings wirklich zu Fuß nach unten gehen. Und sie war tatsächlich als Erste angekommen. Aber ein Mann muss eine Frau auch mal gewinnen lassen, finden Sie nicht?«

Sonia Gerbaulet wurde erst zwei Wochen später gefunden, als das Wasser abgelaufen und der Keller ausgepumpt worden war. Statt ihrer, die tatsächlich für einen Vorstandsposten vorgesehen war, wurde Sobotta in die Beletage berufen. Er bedauerte die tragischen Umstände seines überraschenden Aufstiegs, gelobte jedoch, das Andenken der Verblichenen ehrend zu bewahren.

Wenn Kühe glücklich sind

Einen kleinen Fehler machte Gerda Töpperwien am Ende doch. Sie schrie nämlich nicht vor Entsetzen und rief nicht um Hilfe, sie schlug auch nicht die Hände vor das Gesicht, sondern sie stand da und sah zu. Sie hätte in ohnmächtigem Grauen die Finger in den Zaun krallen müssen – stattdessen legte sie gemütlich die Arme darauf, als wohne sie einem heiteren Schauspiel bei.

Den Spaziergängern, die vom gegenüberliegenden Waldrand die Szene mit ansahen, schien es jedenfalls, als sei die Frau am Weidezaun weder bestürzt noch verstört, ja noch nicht einmal erstaunt; sie wirkte gelassen, als billige sie, was sich da abspielte. Diese Beobachtung traf genau zu. Und es war ein Glück, dass Gerda Töpperwien am Ende nicht auch noch Beifall klatschte. Sonst hätte man ihr schwerlich geglaubt, was sie später beteuerte: dass der Schock sie gelähmt und stumm gemacht habe.

Und es war wohl noch mehr Glück, dass die Spaziergänger nicht miterlebten, wie die frisch gebackene Witwe Töpperwien, bevor sie die Polizei anrief, zunächst auf einer Waldbank eine Flasche entkorkte und einen altmünsterländischen Schlachtspruch ausbrachte: »Wenn die Sau am Haken hängt, wird erst mal einer eingeschenkt.«

Als ich Gerda Töpperwien kennen lernte, war sie bereits seit zwölf Jahren Witwe. Sie war nun so alt, wie ihr Mann bei seinem Tod gewesen war, nämlich sechsundfünfzig. Zusammen mit einem Jüngling, der ihr Sohn hätte sein können, leitete sie südwestlich von Münster ein einfaches Landhotel mit Tüllgardinen und grünen Fensterläden. Ihre rosige Frische und ihre Fröhlichkeit waren einschüchternd; die Schallwellen ihrer Liebeskraft erschütterten bei Nacht die Balkendecken; als ich den Apotheker nach Ohrstöpseln fragte, wusste er mein Logis.

Gewiss hätte ich mich von ihr nicht zu lokalen Sehenswürdigkeiten führen lassen – zumal sie auch auf dem Fahrrad von bedrohlicher Ausdauer war –, wenn sie nicht die Anzeichen eines fremden Todes mit sich getragen hätte. Sie zeigte mir einige unzugängliche Burgruinen, die aus grünen Teichen aufragten, dazu ein feuchtes Schloss voll gewirkter Wandbehänge, eingelegter Spieltische und einer trübsinnigen Porzellansammlung. Vom Rahmen eines gedrechselten Himmelbettes hing eine Quaste.

»So etwas hätte mein Mann gebraucht«, seufzte Frau Töpperwien. »Dann hätte er sich morgens selber aus dem Bett ziehen können. Ist es nicht grässlich, dass Männer so früh zu Pflegefällen werden?«

Frau Töpperwien hat sich ihres Gemahls im wunderbaren Sommer 1990 entledigt. Aus dem munteren Kavalier der frühen Jahre war ein welker Stubenhocker geworden, dessen Leistungsfähigkeit erschreckend nachließ. Der unaufhörliche Regen des Münsterlandes hatte ihn vor der Zeit mit Rheuma verseucht und Gichtkörner in seine Gelenke gestreut. Für den Wirt einer kleinen Pension bewegte er sich am Ende zu langsam und begriff zu wenig.

»Heute ist allgemein bekannt, dass Männerhirne früher schrumpfen«, erklärte Frau Töpperwien. »Ich habe damals nur gemerkt, dass er lasch und teilnahmslos wurde. Ich habe meine Kraft von jeher aus der Natur gezogen. Er hingegen war Stadtmensch und blieb es und sank immer tiefer in seinen Sessel. Ich konnte ihn kaum noch zu einem Spaziergang überreden.« Als er sich schließlich doch einmal überreden ließ, wurde es ihm prompt zum Verhängnis.

Gerda Töpperwien ist auf dem Land aufgewachsen, und die sonderbare Hinrichtungsart, die sie wählte, ist eine Frucht ihrer Erziehung. Sie hat schon als kleines Mädchen Schafen die Ohren tätowiert und Hühner gerupft, ist mit Wellfleisch und Sülze gemästet worden, hat eigenhändig Borsten von überbrühter Schweinehaut geschabt, Blutsuppe umgerührt und Bratwurstteig in grün schillernde Därme gefüllt. Sie behauptet, das Schlachten mit Messer und Beil sei früher ein Fest gewesen im Gegensatz zur Hinrichtung mit dem Bolzenschussgerät heute.

»Doch in jedem Fall haben wir Landkinder ein anderes Verhältnis zum Tod. Wir haben früh gelernt, dass die Wesen, die wir lieben, irgendwann auf unserem Teller oder beim Abdecker landen.«

Ihrem Mann hätte dergleichen Weisheit zu denken geben müssen. Doch obgleich er in seinem Pensionsprospekt die unverdorbene Natur pries, leistete sich Günther Töpperwien den Luxus, das Landleben als grobschlächtig zu verachten und Bauern für gefühlsarme Rüpel zu halten. Die Art seines Ablebens hat dafür zwar einen überzeugenden Beweis geliefert. Nur hat ihm dieser Beweis nichts mehr genutzt. Und etwas anderes fällt auf: Hätte Töpperwien sich ein wenig um die Kenntnis der Landwirtschaft bemüht, und wäre er nur bruchstückhaft mit den Gesetzen der Viehhaltung vertraut gewesen, der Tod hätte ihn gewiss nicht so früh und nicht auf diese Weise ereilt.

Am 30. August 1990 musste Gerda ihren Mann, wie an jedem 30. August aller Jahre vorher, über die Bedeutung des Datums aufklären. Es handelte sich um ihren Hochzeitstag. Sein schlechtes Gewissen nutzte sie sofort aus. »Dann unternimm wenigstens einen kurzen Spaziergang mit mir! Denn das eine wenigstens weiß ich«, schwindelte sie, »du bist immer noch ein Kavalier.«

So wanderten sie die geklinkerte Allee hinunter, bogen in einen von Pappeln gesäumten Sandweg und gelangten schließlich in jene Auenlandschaft, welche die Davert genannt wird. In nicht weit zurückliegender Zeit soll hier eine irrlichternde Jungfer Elli ihr Unwesen getrieben haben, und der Davert-Wirt Timpoet hat Fuhrleuten beim kostenlosen Rasieren die Kehle durchschnitten. Günther Töpperwien indes ließ sich einlullen von seiner Frau, die ihm in einem langatmigen Redestrom Holunder- und Vogelbeerbüsche pries, Kleewiesen und Pusteblumen, Tonkuhlen und grützige Teiche.

»Vor dem Schlachten«, hat sie mir später erläutert, »muss die Sau beruhigt werden.«

Endlich gelangten sie an eine Koppel, auf der ganz offensichtlich eine Rinderherde mit dem Spiel der Liebe beschäftigt war.

»Lass uns ein wenig rasten!«, sprach die Frau.

Günther Töpperwien blieb nur ungern stehen. Es widerstrebte ihm, einem Bullen zuzusehen, der mit dampfendem Atem eine Kuh bestieg, und immerhin weitere zwölf Kühe standen an. Doch Gerda verzichtete auf ungehörige Anspielungen. Stattdessen zog sie das seidene Taschentuch mit den verschlungenen Monogrammen hervor, das sie

seit der Hochzeit aufbewahrt hatte. Sie wischte ihre staubtrockenen Augen und sagte: »Ich liebe dich immer noch, Günther, wie am ersten Tag.«
Im selben Moment nutzte sie einen Windstoß, um das Taschentuch über das Gatter flattern zu lassen.
»Günther!«, rief sie mit begeistertem Schrecken. »Genau wie damals!«
Günther Töpperwien konnte sich an eine ähnliche Szene nicht erinnern.
»Holst du mir das Taschentuch? Wie damals?«
Auch eine solche Tat war in seinem Gedächtnis nicht gespeichert. Allerdings hatte er sich früher als Kavalier ausgezeichnet.
»Holst du es?«, wiederholte seine Frau. »Oh, wie romantisch!«
Töpperwien wollte nicht den Schwund seiner Erinnerungen bloßstellen. »Natürlich«, murmelte er und kletterte umständlich über das Gatter. Die Kühe unterbrachen ihre rastlose Tätigkeit und glotzten herüber. Töpperwien indes achtete lediglich darauf, beim Hinunterklettern nicht den Draht zu berühren, der durch gelbe Isolatoren am Holz entlanglief und offenbar elektrisch geladen war.
»Damals hast du mir noch ein Kleeblatt mitgebracht!«, rief Gerda, weil sie argwöhnte, ihr Mann könne zu rasch mit dem Tuch zurück sein.
Doch die Furcht war unbegründet. Als ihr Mann sich eben mühsam bückte, bebte der Boden. Die Herde stürmte heran. Er wollte sich eben aufrichten, da hatte ihn bereits die erste Kuh ins Gras gestoßen. Die zweite hob ihn mit den Hörnern an. Dann kam der Bulle.
»Für die Kühe muss es ein Fest gewesen sein«, wollte Gerda mir einreden. Den Herdenbesitzer hat sie damals

auf Schadenersatz verklagt, wegen unzureichender Sicherheitsvorkehrungen. Als sie ihn bei einem Gerichtstermin kennen lernte, einigten sich die beiden ohne Umschweife und in jeder Hinsicht. Wie mir schien, sind sie immer noch glücklich.

Ein Platz zum Schlafen

Bevor ich Irmela Schmitz begegnete, war mir ihr Gesicht bereits vertraut. Es erschien in den Hamburger Zeitungen jedes Jahr kurz vor Weihnachten, wenn sie zu Spenden für die Obdachlosen aufrief. Im Frühling war es abermals zu sehen, wenn sie auf das Gründungsjubiläum ihrer berühmten Armenküche hinwies. Diese Küche verfügte über keinen Koch, sondern über motorisierte Boten, die gegen Mitternacht an den Lieferanteneingängen feiner Restaurants vorsprachen und mit den Tagesresten von Hummersuppe und Seezungenravioli wieder abzogen.

»An den meisten Tagen speisen die Obdachlosen besser als ich«, versicherte Frau Schmitz, als ich sie Mitte April 2001 beim Osterfeuer am Falkensteiner Ufer traf. Sie bedauere das allerdings nicht, sie müsse auf ihre Linie achten. Im Übrigen fühle sie sich als Blankeneser Kaufmannsgattin so begünstigt, dass sie sich zur Sorge um Menschen am Rande unserer Gesellschaft verpflichtet fühle.

»Man wird vielleicht auch wieder geboren«, bemerkte sie nachdenklich. »Womöglich war ich selbst einmal ein Obdachloser und habe deshalb so viel Verständnis für diese armen Menschen. Auf jeden Fall«, setzte sie hinzu, »möchte ich im nächsten Leben keiner werden.« Um eine solche Panne abzuwenden, sammelte sie beizeiten Punkte durch Wohltätigkeit.

Ich hatte Irmela Schmitz etwas abseits vom Gedränge fröstelnder Biertrinker und Bratwurstesser entdeckt. Im dunstigen Licht einer Pommesbude durchblätterte sie ein Exemplar der Obdachlosenzeitung, die ein Mann mit zerklüftetem Gesicht ausdauernd anpries. Alle warteten auf die Herren des haushohen Holzstapels, die bei Dunkelheit mit Fackeln kommen sollten, um Feuer an ihr heidnisches Bauwerk zu legen.

Obgleich die größten Feuer traditionell in Övelgönne und am Blankeneser Strand entzündet wurden und das Falkensteiner Feuer als drittklassig galt, war die Pyramide aus Balken und Holzpaletten selbst hier von erhabener Größe. Mit der Strohpuppe auf der Spitze sah sie aus wie ein denkmalgekröntes Gebäude, das obendrein bewohnbar schien, so genau berechnet war die Statik der Konstruktion, und so sorgsam waren Bretter und Stützen zusammengefügt. Der Kreis zundertrockener Tannenbäume wirkte wie ein labyrinthischer Vorgarten.

Tatsächlich lag den Aufbauern das Zusammentragen der gehorteten Hölzer und die Errichtung der Pyramide mehr am Herzen als später das Feuer selbst, das ihnen schon nicht mehr gehörte, wenn tausendfach die Zuschauer anreisten und die Händler schmalztriefende Buden aufreihten und auf der Elbe Vergnügungsbarkassen kreuzten.

»Wann kommen die denn nun endlich?«, fragte Frau Schmitz und zog die Schultern hoch. Ich wusste nur, dass der Falkensteiner Stapel stets als einer der Letzten entzündet wurde. Auf der anderen Elbseite leuchtete bereits das Feuer von Neuenfelde und warf seinen Schein über das Wasser. Davor glitten die dunklen Schatten der Boote mit den Funzeln ihrer Positionslichter.

Obgleich sie es besser wissen musste als ich, denn sie war in Blankenese aufgewachsen und wohnte in Strandnähe, erklärte ich ihr, dass zuerst das Feuer am Hauptstrand brennen musste, Knüll genannt, dann das Feuer am Viereck, dann das Osten-Feuer, danach Mühlenberg; erst am Ende war Falkenstein an der Reihe. »Man könnte es doch einmal umgekehrt machen«, erwiderte sie und seufzte. »Aber das sind Traditionen.«

Damit hatte sie sich das Stichwort gegeben, um mir ein Werk anzupreisen, das sie für die Zeitung der Obdachlosen verfasst hatte. Diesem Blatt lieferte sie regelmäßig honorarfreie Artikel, die von der Redaktion mehr aus Achtung einer Mäzenin gegenüber denn aus Überzeugung abgedruckt wurden. Als ständige Kolumnistin verbreitete sie die Weisheiten, die sie im Laufe eines siebzigjährigen Lebens gesammelt hatte, um sie unter das bedürftige Volk der Nichtsesshaften zu streuen.

Es war viel von Eigenverantwortung und vom Mut zum Neubeginn die Rede, aufgelockert durch moralische Anekdoten, die sich lasen wie die Exempel eines Kirchenblättchens. In ihrem Osterartikel, den sie mir in der Dunkelheit auswendig hersagte, deutete sie das Feuer als Symbol der Kraft und Erneuerung und der Hoffnung auf Wiedergeburt.

Inzwischen hatte sich die Geduld der Wartenden in Unmut verwandelt. Pfiffe gellten über den Strand, dann wurde daraus ein Pfeifkonzert. »Feuer! Feuer!«, skandierte die Menge. Die Erbauer der hölzernen Pyramide, die einzig berechtigten Herren des Feuers, waren nicht zu sehen.

»Still doch!«, rief Frau Schmitz dazwischen. »Weckt ihn nicht auf!« Niemand hörte sie. Und das war ihr Glück. Sie war rot geworden, als hätte sie eine peinliche Dummheit gerufen. »Ich meine den Frühling«, erklärte sie hastig. »Der darf nicht herbeigeschrien werden. Er muss das Gefühl haben, willkommen zu sein. Wie ein Gast, den man in seinem Hause aufnimmt. Wissen Sie übrigens, dass ich am Heiligen Abend einen Obdachlosen bewirtet habe?«

Wirklich erinnerte ich mich daran. Sie hatte ihre Tat in einer Hamburger Tageszeitung beschrieben und keinen Zweifel daran gelassen, dass es sich um ein Musterbeispiel der Menschlichkeit handelte.

»Aber seitdem finde ich keine Ruhe mehr«, seufzte sie. »Die kommen jetzt sogar und fragen, ob sie übernachten können. Und das geht ja nun nicht. Einer war dabei, der wollte gar nicht lockerlassen, der ist jeden Tag wieder gekommen.«

Nun ertönten Jubelrufe und Beifall. Wie in einer Prozession ehrwürdiger Priester schritten die zwölf Erbauer der Pyramide durch die achtungsvoll zurückweichende Menge. In einem Kreis um ihr Bauwerk nahmen sie Aufstellung. Erstaunt und gerührt bemerkte ich, wie aufgeregt Frau Schmitz reagierte. Sie klatschte in die Hände und hüpfte auf ihren betagten Beinen wie ein kleines Mädchen.

»Jetzt zünden sie an! Jetzt! Jetzt!«

Aber die zwölf standen unbewegt um den Holzhaufen, als müssten sie zunächst eine langwierige Meditation hinter sich bringen. Der Beifall verebbte.

»Was ist denn?«, fragte Frau Schmitz besorgt.

Ich sagte: »Das wissen Sie doch: Knüll, Viereck, Osten, Mühlenberg, das ist die Reihenfolge. Dann wir.«

Sie seufzte. Um ihr die Zeit zu verkürzen, fragte ich: »Und wohin schicken Sie die Leute, die bei Ihnen übernachten wollen?«

Sie winkte ab. »Es gibt doch auch jede Menge Unterkünfte, Männerheime, Nachtasyle. Aber viele sind einfach zu faul hinzufahren, und einige fühlen sich zu fein. Die denken: Da gehe ich doch lieber zu der ollen Schmitz nach Blankenese. Da gibt's eine Luxusherberge. Wie der Kerl jetzt. Die Nachbarn haben sich schon beschwert. Abends habe ich ihn weggeschickt, am nächsten Mittag stand er wieder da. Geben Sie mir einen warmen Platz zum Schlafen! Gott, und der stank. Und sah aus! Jeden Tag schlimmer. Der hatte Drogen genommen oder Betäubungsmittel und dazu noch getrunken. Gestern konnte er sich gar nicht mehr artikulieren. Na gut, habe ich gesagt, komm mit. Und habe ihm einen warmen Platz zum Schlafen gezeigt. Aber ich musste ihn an der Hand nehmen und hinführen. Der kommt auch nicht wieder. Was gibt es bloß für Menschen!«

Nun sahen wir den Schein des Knüll-Feuers am Himmel, und gleich darauf die Flammen vom Viereck. Nun Osten, gleich Mühlenberg. Der ferne Jubel sprang am Ufer entlang wie Funken und Flammen und war in Sekunden bei uns. Umbraust vom glücklichen Lärm, nahm einer der Erbauer die Fackel, ein anderer entzündete sie und legte sie an den Stoß.

Erst wirbelte nur dicker Rauch auf, dann züngelten die ersten Flammen, und nun, angefacht von einer Brise, zündete das Feuer durch. Die vordersten Reihen wichen erschrocken zurück. Haushoch schlugen die Flammen über die Pyramide hinaus, ein glühender Regen ging nieder. Die Hitze war so gewaltig, dass selbst wir, die wir weit hinten standen, uns abwenden mussten.

Nun erfassten die Flammen bereits die Strohpuppe auf der Spitze, die Winterhexe. Sie schien sich noch einmal aufzurichten, dann stürzte sie unter dem Gejohle der Menge ins Feuer. Mich schauderte, weil mir war, als hätte ich sogar ihren heiseren Todesschrei gehört, und ich sah, dass auch Frau Schmitz kreidebleich ihre Hände verkrampfte.

Nun schluchzte sie. Ich wollte sie in den Arm nehmen, weil ich glaubte, sie weine aus Rührung.

Da erkannte ich zu meinem Entsetzen die Aura, die sich auf einmal um sie legte wie ein tiefschwarzer Mantel. Ich starrte sie an, weil ich noch nicht begriffen hatte.

In diesem Moment brach die hölzerne Pyramide krachend zusammen. Die Funken stoben gen Himmel.

»Nicht wahr«, sagte die Wohltäterin und wischte sich die Tränen aus den Augen. »Sie glauben doch auch an Wiedergeburt?«

Von Schwarzwälder Handwerkskunst

In dem Teil des Schwarzwaldes, in welchem die Täler nach der Hölle und die Schluchten nach dem Teufel benannt sind, schickte der Kraftfahrzeugmechaniker Christoph Thoma einen Studenten ins allerletzte Examen.

Das Verfahren, das er wählte, barg für ihn selbst so hohe Risiken, dass es heldenmütig zu nennen wäre, hätte er es statt zum Verderben zur Rettung eingesetzt. Er selbst allerdings ist der Ansicht, er habe vieles gerettet: die Ehre seiner Familie und die Seele seiner Schwester, von ihrem Körper ganz zu schweigen.

Einige Jahre nach dem Ereignis suchte ich in der Gegend eine Werkstatt, um meinen Wagen von einem mechanischen Husten zu befreien. Mir wurde Thomas Garage empfohlen. Der Mann habe für Autos den sechsten Sinn.

Tatsächlich kam er mir im Umgang mit dem Motor vor wie ein Liebender. Ich staunte über seine Behutsamkeit und sein Gefühl für Präzision. Er führte es auf die Tradition seiner Familie zurück. In der hatten Uhrmacher einander das Werkzeug gereicht, bis sich der letzte Erbe, sein Vater, zu schade war, koreanische Kuckucksuhren an durchreisende Amerikaner zu verkaufen.

Thomas Werkstatt liegt nicht weit von jenem armseligen Tanzpalast, in dem er im letzten Regenherbst des vergangenen Jahrtausends seine dreizehnjährige Schwester erspähte, in den Fängen eines schwarz gekleideten Nichtsnutzes.

Niemand weiß, was diesen Freiburger Studenten getrieben hatte, zwei Stunden zu fahren, um in der Provinz der Geranienkästen und goldenen Wirtshausschilder auf die Suche zu gehen. Thoma meint, es sei nichts als widerwärtige Gier gewesen auf die frischen und gutgläubigen Mädchen vom Lande.

Sicher ist, dass dieselbe Begabung, die ich bewunderte und von der ich profitierte, denn mein Wagen war innerhalb einer Stunde repariert, dass also die ererbte Präzisionsarbeit der Uhrmacher und ihr Gespür für komplizierte Abläufe jenem Studenten zum Verhängnis wurden.

Umringt von lärmenden Freunden, muss Thoma damals plötzlich erstarrt sein, als er am anderen Ende des Raumes in den Blitzen eines Stroboskopes seine Schwester Isabel entdeckte. Obgleich er sie am frühen Abend zu einer Schulkameradin gefahren hatte, bei der sie übernachten wollte, obgleich diese Freundin weit genug weg wohnte und von einer unerbittlichen Mutter überwacht wurde, war seine Schwester unzweifelhaft hier.

Nicht nur das; mit unbegreiflicher Lust wand sie sich in den Armen eines Mannes, der gewiss doppelt so alt war wie sie. Er trug die Farbe der Bestattungsunternehmer, dazu den Bart der Kleinstadtanarchisten, und man sah ihm an, worauf er aus war.

Die Art, wie er sie anpackte, stach ins Fleisch des betrogenen Bruders. Und die Zunge des Fremden kroch zwischen ihre Lippen, dass er sich abwenden musste, um nicht die Tanzfläche vollzuspeien mit Ekel bis an den Rand.

Der unselige Hang seiner Schwester zu den Nachtseiten kam ihm in den Sinn, ihre Sympathie für düstere Musik, die einfältige Sehnsucht nach der Stadt und das von der Schule gesäte Mitgefühl für Randexistenzen. Eine Befreiung musste stattfinden, gleich, sofort, ein heilsamer Schlag; aber kein Kinnhaken, keine Prügel, bei der die versammelten Nachkommen von Flößern und Holzfällern liebend gern mitgewirkt hätten. Das hätte die Schwester nur noch mehr zu diesem Schänder getrieben. Er musste zur Strecke gebracht werden.

Hinter Thomas maßloser Wut mögen sich Wünsche verborgen haben, die er sich nicht eingestand. Tatsache ist, dass er seine Erregung niemanden spüren ließ. Und es spricht für die Verlässlichkeit und Tradition des Schwarzwälder Handwerks, dass er die folgende Stunde mit der kältesten Disziplin bewältigte.

Der Knall eines Sektkorkens und das darauf folgende Gejohle unterbrachen den einförmigen Rhythmus der Tanzenden und zogen auch die Blicke des verbotenen Paares zur Bar. Thomas Schwester löste sich für einen Moment aus der Umschlingung. Er sah, wie der Fremde ihr etwas sagte. Nun streifte ihr Blick herüber.

Um sie im Glauben zu lassen, er habe sie nicht bemerkt, wandte Thoma sich ab. Trotzdem spürte er, wie sie ihn plötzlich in der Menge entdeckte; so eng war die Verbindung, dass ihr Erschrecken als schmerzhaftes Zucken durch seinen Körper fuhr. Als er das nächste Mal in ihre Richtung spähte, war sie bereits verschwunden.

Am verdutzten Gesicht des Fremden erkannte er, dass sie ihm nichts erklärt hatte. Der sah sich suchend um und wartete eine Weile; dann begab er sich an die Bar.

Er war deutlich größer und stämmiger und gewiss auch stärker als Thoma, doch er hatte sein Gesicht bleich geschminkt, als befinde er sich bereits in jenem Zustand ewiger Schwäche, der für ihn vorgesehen war. Er trug das Haar schulterlang und über seinem schwarzen Rollkragenpullo-

ver ein übergroßes dunkles Jackett mit schimmernden Knöpfen. Thoma lächelte ihn an und fragte nach der silbernen Kette, die er um den Hals trug.
Während der andere Auskunft gab und sich zu heimischen Obstwässern einladen ließ – Thoma trank nichts –, sah er sich forschend im Raum um, und nachdem er erzählt hatte, dass er Olaf heiße und in Freiburg studiere, rückte er heraus mit seinem Begehren: »Ich hatte hier eine wahnsinnig geile Frau aufgerissen, aber sie ist irgendwie verschwunden.«
Das Uhrwerk setzte sich in Bewegung. Thoma fragte: »Wie sah sie denn aus?«
Olaf beschrieb die Schwester, als handele es sich um eine begnadete Prostituierte, die von ihrer Berufung nur noch nichts wusste und deshalb dringend erweckt werden müsse. Während Thoma einen stählernen Kugelschreiber in seiner Hosentasche verbog, sagte er freundlich: »Ich glaube, ich weiß, wen du meinst. Das ist eine der schärfsten Frauen der Gegend.« Er nannte den Namen seiner Schwester.
»Genau!«, rief Olaf. »Und ich hatte sie so weit! Ich war gerade drauf und dran, sie zu nageln! Sie war absolut heiß drauf! Ich weiß nicht, weshalb sie plötzlich weg ist.«
»Das gehört zu ihrem Spiel. Du sollst sie suchen.«
»Habe ich auch schon gedacht. Aber wo?«
Thoma legte seine Stirn in Falten und betrachtete den vorrückenden Zeiger über dar Bar. »Okay«, sagte er dann. »Ich weiß, wo sie wohnt. Hast du ein Auto? Ich zeige dir den Weg.«
Auf dem Parkplatz der Diskothek, den ein greller Scheinwerfer beleuchtete, sah er sich um. Zum Glück waren sie nicht die Einzigen, die sich auf den Weg machten. Am anderen Ende versuchte der betrunkene Sohn des Hotzen-

wirtes, in seinen Wagen zu steigen; ein grobianischer Feind aus seiner Kindheit, der Thoma noch vor wenigen Jahren zur Fasnacht eine gefüllte Schweinsblase an den Kopf geworfen hatte.

Thoma kannte die Strecke, die der junge Hotzenwirt fahren musste und die ihn ins Gefängnis bringen würde. Sie mussten ihm nur um wichtige Minuten voraus sein.

Im klapprigen Wagen des Freiburgers bogen sie wenig später in jene Landstraße ein, die in Reiseführern als wildromantisch bezeichnet wird. Sie windet sich unterhalb eines Sandsteinschlosses durch ein tief eingeschnittenes Tal, zunächst an Forellenteichen und ziegelgedeckten Heuschobern vorbei, dann in weiter Kurve um einen Karsee mit einem restaurierten Kloster am Ufer, in dessen gotischem Kreuzgang Sommerkonzerte stattfinden, bis sie in Serpentinen an jenem berühmten Wasserfall vorbeiführt, der über etliche Stufen hundertfünfzig Meter hinabstürzt. Auf der hölzernen Brücke vor dem Wasserfall stehen am Tag Touristen und fotografieren. Jetzt, bei Nacht, war nur sein Donnern zu hören.

Hier bat Thoma den Freiburger anzuhalten, um eine Pause einzulegen. Als sie die Türen öffneten, spürten sie die Feuchtigkeit wie eine ersehnte Erfrischung. Im Sprühen des Wildwassers wehte der Duft von Gräsern und Moos herüber. Die Straße war hier nass und rutschig, also in idealem Zustand.

Während der Freiburger es spaßig fand, von der Brücke in den gurgelnden Schaum zu pinkeln, hatte Thoma genügend Zeit, die Motorhaube zu öffnen und wieder zu schließen. Olaf drüben versuchte, das Brausen der Wassermassen zu überbrüllen. Berauscht kehrte er zurück und schlug Thoma enthusiastisch auf die Schulter.

Dann musste er feststellen, dass der Motor nicht mehr ansprang. Thoma wollte es zunächst nicht wahrhaben. Doch nach mehreren Versuchen, die nichts als ein blechernes Röcheln erbrachten, gab auch er zu, dass eine Panne vorlag.

»Das muss an der Feuchtigkeit liegen«, vermutete Olaf. »Kannst du mal schieben?«

Thoma war dazu durchaus bereit, nur gab er etwas zu bedenken: »An den Wochenenden ist hier viel Polizei unterwegs; du hast getrunken, ich nicht. Da setze besser ich mich ans Steuer. Du bist sowieso viel kräftiger. Es geht bald bergab, dann können wir uns in den nächsten Ort rollen lassen, da wohnt sie auch schon.«

Olaf schob den Wagen mit Mühe in die erste Kurve, die um einen Bergvorsprung führte. Im Licht des Warnblinkers erkannte Thoma, dass die Straße auch hier noch rutschig war; kleine Rinnsale liefen über den Asphalt.

»Das hat keinen Zweck!«, rief Olaf nach ein paar Minuten.

»Doch! Es geht gleich bergab!«

Thoma starrte in den Rückspiegel. Als sie um den Bergvorsprung herum waren, fürchtete er schon, der junge Hotzenwirt habe einen anderen Weg genommen.

Dann plötzlich erschien die Aura der Scheinwerfer wie das Licht der Verheißung.

Nun streiften sie die Tannenspitzen am gegenüberliegenden Berghang. Olaf hätte sich nur umwenden müssen, um die Gefahr zu erkennen. Jetzt tasteten sie sich an die Kurve heran, lautlos, denn nur das Tosen des Wasserfalls war zu hören.

Um dem nahenden Fahrer jegliche Ausweichmöglichkeit zu nehmen, steuerte Thoma ein wenig mehr in die Mitte der Straße. »Was soll das denn?«, hörte er noch.

Dann schaltete er die Warnblinkanlage ab und kauerte sich zusammen.
Dem jungen Hotzenwirt, der grölend in seine Lieblingskurve brauste, muss das unbeleuchtete Auto mit der schwarzen Gestalt wie ein entsetzlicher Prellbock erschienen sein, finster und unbegreiflich, grausam weich, zugleich hart, von furchtbarer Widerstandskraft.
Vor dem Gericht, dass ihn wegen fahrlässiger Tötung in Tateinheit mit Trunkenheit am Steuer für drei Jahre ins Gefängnis sandte, versuchte er vergeblich, die dunklen Wirrungen jener Nacht aufzuhellen.
»Ich selbst bin mir damals vorgekommen wie die Gummipuppe in einem Crashtest«, erzählte Thoma, als wir in der Bauernstube jenes Lokales saßen, das einst dem Hotzenwirt gehört hatte. »Und wirklich habe ich ein Schleudertrauma davongetragen. Aber das war mein Opfer für eine gute Sache.«
Isabel Thoma, die nichts Gutes an der Sache finden konnte, trat noch im selben Jahr einer wohltätigen Organisation bei, deren badische Dependance sie heute leitet.
Aus der Verwaltung der Freiburger Universität erfuhr ich, dass Olaf dort immer noch als Student der Soziologie geführt wird. Auch Computer pflegen ihre Karteileichen. Erst jüngst habe man ihn wegen seiner hohen Semesterzahl aufgefordert, sich zur Studienberatung zu begeben.

Der tödliche Rasierspiegel

An einem sonnigen Junitag schraubte der Pfleger Thure Timmermann eine funzelige Glühbirne in die Badezimmerleuchte des Kapitäns a. D. Peter Jungclaus. Am folgenden Morgen beklagte der Kapitän die fortschreitende Eintrübung seines Augenlichtes. Er habe sich beim Rasieren geschnitten.

»Das muss doch nicht sein«, sagte Timmermann gutmütig. »Ich bin dazu da, Ihnen zu helfen. Auch im Badezimmer.«

»Unsinn«, erklärte der Kapitän. »Ich bin allein um Kap Horn gesegelt. Ich werde bis zur letzten Stunde alleine pinkeln gehen, und ich werde mich alleine rasieren.«

Er sollte Recht behalten. Zwei Tage nach der scheinbaren Verdunkelung seiner Augen, und um etliche Schnittwunden reicher, folgte er jedoch dem Rat seines Pflegers und verlegte die Rasuren ans Küchenfenster.

»Das künstliche Licht ist nichts für Sie, Kapitän. Sie sind um Kap Horn gesegelt. Sie sind ein Mann des weiten Himmels. Ihr Auge braucht das unverstellte Licht des Tages.«

Fortan begab sich der Kapitän an jedem Morgen in die Küche, auf seinen Ausguck über die Bremer Vorstadtdächer. Den kostbaren Dachshaarpinsel von einem Hafenmeister im Alexander-Archipel und die Wasserschale aus afrikanischem Elfenbein ergänzte er um einen Rasierspiegel aus dem Drogeriemarkt.

Fünf Wochen später, am 2. August desselben staubtrocke-

nen Sommers, stand Thure Timmermann mit anderen Trauergästen an der Reling der »Alten Liebe« und wohnte jener ehrenvollen Zeremonie bei, auf deren Höhepunkt die löslichen Reste des Kapitäns dem Meer anvertraut wurden.
»Er war eine ungewöhnliche Persönlichkeit«, eröffnete Timmermann den Angehörigen, die er bei dieser Gelegenheit zum ersten Mal sah. »Sein ungewöhnlicher Tod passt zu ihm. Er hatte sich gewünscht, im Tosen der Elemente zu sterben. Und das ist, wenn er auch eher an Wasser und Sturm gedacht haben mag, in Erfüllung gegangen.«
Dass Timmermann selbst für die Erfüllung des Wunsches gesorgt haben könnte, fiel niemandem ein. Ich traf den Dreißigjährigen, der etwas zu höflich auftritt und ein wenig zu sanftmütig spricht, als ich meine greise Patentante im Bremer »Rosenhof« besuchte. Auch hier arbeitete Timmermann als Pfleger, und auch hier hatte er – neben anderen Insassen – einen zählebigen Alten zu betreuen, der dem Club der letzten Kap Horniers angehörte.
»Die Horniers sind ein eigener Schlag«, erzählte er mir. »Jeder Einzelne hält sich für Gott. Aber im Altenheim gibt es nur einen Gott, und das ist der Pfleger.«
Ich vermute, dass Timmermann seinen Gottesbeweis inzwischen abermals erbracht hat.
Der Kapitän muss allerdings ein schwer erträglicher Patient gewesen sein. Er nahm nicht nur übel, dass er überhaupt auf Hilfe angewiesen war. Sondern auch, dass der Helfer die Seemannssprache nicht beherrschte. Zwar gehörte zu den bezahlten Leistungen auch die menschliche Zuwendung, weshalb Timmermann sich die Mühe machte, immer dieselben fleckigen Fotos und zerfledderten Seekarten zu bewundern.
Doch ließ sich nicht lange verheimlichen, dass er zwischen

Karavelle und Windjammer keinen wesentlichen Unterschied erkennen konnte, geschweige denn zwischen Bugspriet und Schot. In besseren Tagen hätte ihn der Kapitän dafür das Deck schrubben und bei fortgesetzter Verblendung dreimal kielholen lassen. Als Ersatz an Land fielen ihm nur unerfüllbare Einkaufswünsche und folternde Putzorders ein.

An jedem Vormittag begann der Kapitän mit der Belehrung und Befragung seines Leichtmatrosen, sobald der ihm das Gebiss eingesetzt hatte. Während Timmermann die Messingbeschläge wienerte und Buddelschiffe entstaubte, musste er Auskunft geben über die Herkunft des mit Garderobenhaken versehenen Walfischknochens und des indianischen Schrumpfkopfs, der im Regal als Buchstütze diente.

Es ließ sich nicht vermeiden, dass er schon wenige Wochen nach Dienstantritt die Entfernung zwischen Desolate Bay und Deceit Island abschätzen konnte, sowie die Höhe der Wellen, den Umfang der Eisberge und die Geschwindigkeit des Westwindes vor Kap Horn. Unauslöschlich prägten sich ihm die nutzlosen Namen von Männern ein, die im Orkan aus der Takelage auf die Planken gestürzt waren oder ins kochende Meer, oder die in ihren Kojen ertrunken waren, als die Ozeane über Deck gurgelten.

Binnen kurzer Zeit wusste er genau, auf welchem Schiff der Kapitän nach neunundneunzig Tagen das Kap umrundet hatte, um Steinkohle nach Valparaiso zu bringen, auf welchem er bis zum Kragen mit Salpeter und Vogelmist beladen nach Osten gesegelt war und auf welchem der Typhus ihm keinen arbeitsfähigen Mann mehr gelassen hatte.

Er wusste es sogar besser als der Kapitän selbst, der allmählich begann, »Passat« und »Priwall« und »Peking« und

»Padua« zu verwechseln. Vorsichtige Berichtigungen waren indes unangebracht. Vielmehr quittierte der Kapitän jeden angeblichen Irrtum seines Schülers mit dem betäubenden Läuten einer Schiffsglocke, die an einem Tau über seinem Lehnsessel hing.

Im erbärmlichen Licht der Haifischlampe aus Montevideo, eingenebelt vom Qualm eines Pfeifentabaks, dessen süßer Gestank einst die Insel Hornos für Pinguine auf ewig unbewohnbar gemacht hatte, beschloss Timmermann im zweiten Frühling seines Dienstes, dass diesem Hornier ein Ende gemacht werden müsse.

Als der Kapitän auch noch anfing, mit Walfischpenissen zu prahlen, und dazu überging, kleinere Geschäfte nachts vom Balkon zu verrichten, »genau wie von Bord, aber nie gegen den Wind!«, als er bei alledem auf den Albatros an seinem Revers hinwies wie auf das Siegel seiner Unfehlbarkeit, spürte der Pfleger, dass alles, was den Kapitän zur Strecke bringen würde, die stillschweigende Unterstützung der Nachbarn genoss.

So kam der Tag, an dem er das Licht im Badezimmer eintrübte und dem Kapitän die Rasur in der Küche empfahl. Um Brennmaterial anzuhäufen, ließ er sich den Vorrat alter Seekarten zeigen, die aus den Schubladen quollen und mit Kompassen und Barographen beschwert die Schränke verstopften.

Der Kapitän wollte sie zuerst im Schein jenes vergilbten Globus erläutern, der das Kopfende der schiffstauglichen Bettstatt beleuchtete. Doch Timmermann brauchte das Sonnenlicht der südwärts gelegenen Küche. Er verlangte nach Vereinslisten der Hornier, nach Urkunden und Atlanten, und der Kapitän, stolz auf seinen endlich erweckten Schüler, schleppte alles herbei, bis es in der Küche nicht mehr nach Labskaus und Sauerkraut roch, sondern nach uraltem, stockfleckigem, knisternd trockenem Papier.

Timmermann musste entgegen seiner Gewohnheit und Bezahlung einige Tage lang am frühen Nachmittag den Schlaf des Kapitäns bewachen, bis um vier die Glasenuhr schlug, um in Ruhe die Bahn der Sonne zu studieren und kleine Experimente durchzuführen und die Ausrichtung des Spiegels zu präzisieren. Die schäbige Nylongardine im Küchenfenster erwies sich als ausreichend für seine Zwecke, die zundertrockenen Seekarten waren mustergültig darunter platziert.

Am ersten Nachmittag, an dem er den Tod des Kapitäns erwartete, schob sich zur entscheidenden Stunde eine träge Zirruswolke vor die Sonne. Am Fenster der Sozialstation, im Lärm Karten spielender Kollegen, wartete Timmermann vergeblich, dass sich die Wolke wieder verzog. Als sie es tat, hatte sich die Sonne schon zu weit vom idealen Standort entfernt.

Am folgenden Tag regnete es. Am dritten Tag verkündete der Kapitän am Morgen, dass er zum Mittagessen Besuch erwarte, und zwar von seinem einstigen Zweiten Steuermann, dem späteren Kapitän Krug.

»Und nach dem Mittagessen?«, fragte Timmermann. »Wird er hier bei Ihnen ein Schläfchen machen?«

»Was denn sonst!«, rief Kapitän Jungclaus. »Wir haben gemeinsam dem Teufel ein Ohr abgesegelt, da werden wir auch gemeinsam ein Nickerchen halten können!«

»Ist er Kap Hornier?«

»Würde ich sonst mit ihm speisen?!«

An diesem Tag, dem 12. Juli, blieb der Himmel wolkenlos. Nachdem Timmermann die Küche aufgeräumt und die beiden Kapitäne mit Wolldecken versorgt hatte, begab er sich zu den Kartenspielern der Sozialstation. Am späten Nachmittag, als er bereits eine beträchtliche Summe verloren hatte, klingelte das Telefon. Ein Polizeibeamter verlangte ihn zu sprechen.

Gefasst vernahm der junge Pfleger die erschütternde Nachricht. Er begab sich sogleich an den Unglücksort. Vier saurierhafte Löschzüge vibrierten als wachhabende Giganten; die Schläuche wurden gerade eingerollt.

An der Wohnung des Kapitäns waren außen nur wenige schwarze Spuren zu sehen, als hätte eine rußige Zunge von innen ein paar Mal durch die Fenster geleckt. Timmermann drängte sich durch die Menge der Gaffer und erreichte den Einsatzleiter. Der sprach ihm sein Beileid aus. Was denn um Himmels willen geschehen sei und wie?

»Sie werden es mir nicht glauben. Dieser Kapitän hatte einen Rasierspiegel am Küchenfenster stehen. In dem haben sich in der Hitze heute Nachmittag die Sonnenstrahlen der Sonne gefangen. Und wie gebündelt durch ein Vergrößerungsglas, haben sie die Gardine in Brand gesetzt. In der Küche lag alter Plunder, und so ging es weiter. Als der Kapitän und sein Kumpel aufwachten, falls sie noch aufgewacht sind, muss der Weg zur Wohnungstür schon versperrt gewesen sein von Flammen und Rauch. Wir wären beinahe noch rechtzeitig gekommen. Als wir die beiden herausholten, hatte noch keine Flamme sie berührt; sie waren erstickt, vermutlich im Schlaf.«

Timmermann war zufrieden. Der Legende nach besteigen die letzten Kap Hornier im Augenblick des Todes die Flügel des Albatros, umkreisen noch einmal den größten Schiffsfriedhof der Welt und erheben sich dann in die Ewigkeit.

Er verschickte die Todesnachricht, ergänzt um ein überflüssiges Wort des Trostes, an die wenigen Angehörigen. Einige Wochen später brach er in Tränen aus, als er das längst erblindete Fernrohr des Kapitäns überreicht bekam, unbeholfen in eine Seekarte gewickelt und mit der wackeligen Aufschrift versehen: »Meinem treuen letzten Matrosen«.

Eine Verbeugung gen Mekka

Das alte Reetdachhaus, das sich Katharina und Helmut Sprengel Ende der achtziger Jahre zum Landsitz ausbauten, liegt in einer Landschaft, deren höchste natürliche Erhebungen Maulwurfshügel sind. Eingezäunte Weiden mit Knicks und spiegelnden Gräben dehnen sich bis zu einem Strich am Horizont, von dem behauptet wird, es sei ein Deich, hinter dem aber wieder nur Marschwiesen liegen, bis abermals ein Deich kommt, hinter dem möglicherweise das Meer rauscht.

Das Fremdenverkehrsamt lockt mit dem Versprechen, der Himmel hier sei höher und größer als irgendwo sonst. Doch die Städter, die auf der Suche nach Weite und unverbaubaren Blicken einen Resthof erwerben, verfallen bald der Gewohnheit der Marschleute, das Gemüt mit klaren Flüssigkeiten ruhig zu stellen. Sie sitzen hinter doppelt verglasten Sprossenfenstern, während der Wind ihre Terrasse fegt, betrachten die gleichgültigen Kühe, in deren Hufspuren ewig das Wasser steht, und sehen hinter geduckten Bäumen die Windkrafträder und Hochspannungsmasten wachsen, die Einzigen, die sich gegen diesen gepriesenen Himmel behaupten.

Das Wochenendhaus der Sprengels liegt in der Schleife eines morastigen Flüsschens. Für diejenigen, die wissen, was sich unter seinem Reetdach ereignet hat – und in den Dörfern zwischen Meldorf und Niebüll wissen es alle –, haftet dem Haus ein unauslöschlicher Schrecken an. Als ich im Spätsommer des vergangenen Jahres mein Fahrrad über die hölzerne Brücke schob, war ich ahnungslos. Ich hatte Helmut Sprengel einige Jahre lang nicht gesehen und war auch keineswegs überrascht, als nicht er die Tür öffnete, sondern ein Mann von bäuerlicher Statur mit listigen Augen. Ich hielt ihn für den Verwalter; dann stellte er sich als der neue Besitzer vor.

Sein Name war Boysen. Nach dem Genuss einer Spezialität, die sich für ein Säureattentat geeignet hätte, erinnerte ich mich, ihn früher schon einmal gesehen zu haben. Er hatte im Blackjack gesiegt, auf einem der betulichen Spieleabende, die Katharina in ihrem Stadthaus ausrichtete. Damals hatte es geheißen, er sei ein Geschäftsfreund, wenn auch aus keiner ganz seriösen Branche. Offenbar hatte er mit Spielautomaten zu tun und wohl mit noch trostloseren Geschäftszweigen; ob Helmut Sprengel viel mit ihm zusammengearbeitet hat, weiß ich nicht. Ein Geschäft zwischen den beiden hat jedoch zweifellos stattgefunden: Boysen hat Sprengel das Haus in der Marsch zu einem abenteuerlich günstigen Preis abgekauft.

»Und trotzdem war es ein reiner Freundschaftsdienst«, beteuert er. »Das Haus wurde ein halbes Jahr lang vergeblich inseriert; die Makler der Gegend hatten sich von Beginn an mit Grausen abgewandt, und Interessenten aus der Stadt bekamen bald Wind von der Sache. Da habe ich mich schließlich erbarmt.«

Die mildtätige Geste bildete den Abschluss eines unbarmherzig kalkulierten Unternehmens. Mit der Planung muss Boysen im Frühjahr 1994 begonnen haben. Im flackernden Licht eines schäbigen Spielsalons hatte er damals einen Bekannten aus vergangener Zeit erkannt. Der wollte sich

eilig davonmachen, denn er hatte einst bei einem gemeinsamen Coup die Beute nicht ganz gerecht verteilt.
Doch Boysen gab sich nachsichtig und wohlwollend. Es gelang ihm nicht nur, den Argwohn des einstigen Komplizen zu zerstreuen. Er konnte ihn sogar, alte Abenteuer beschwörend, zu einem neuen Geschäft überreden, das absolut sicher sei. Sicher war daran freilich nur der Tod des Komplizen. Boysen beschrieb ihm das Landhaus der Sprengels, die erlesenen Bilder und Antiquitäten, die darin verborgen seien.
»Es gibt allerdings nur einen einzigen Durchschlupf, um die Alarmanlagen zu umgehen. Und diesen Durchschlupf kann nur ein schlanker Mann passieren. Deshalb habe ich alter Fettsack bislang nichts unternommen. Es ist ein Glücksfall, mein Lieber, dass ich dich treffe.«
Sie besiegelten das Unternehmen mit dem Handschlag ehrenwerter Männer. Boysen würde Logistik und Sicherung übernehmen und für den Notfall bereitstehen.
Als der Notfall dann tatsächlich eintrat, in einer regnerischen Nacht Ende Juni, eilte Boysen jedoch keineswegs zu Hilfe. Vielmehr kappte er das Seil, das den Festgeklemmten noch hätte emporziehen können, besiegelte dessen Schicksal durch einen Deckel auf dem Schornstein, stieg vom Dach, zurrte die Leiter wieder aufs Auto, lauschte noch einen Moment den schwächer werdenden Rufen und fuhr im Morgengrauen zur Wohnung des Komplizen. Gelassen holte er dessen Wertsachen aus dem Tresor, räumte einige Tage später das Geld von den Konten und setzte sein Leben in der beglückenden Gewissheit fort, eine offen stehende Rechnung endgültig beglichen zu haben, und zwar samt Zinsen.
Der schlanke Mann wurde lange nicht vermisst. Genau

genommen wurde sein Verschwinden erst registriert, als er wieder zum Vorschein kam. Und das geschah drei Wochen später.

Die Art seines Wiedererscheinens, die dem Haus auf ewig den Makel aufdrückte, hat mir zuerst Boysen geschildert, als handele es sich um eine gelungene Inszenierung. Helmut Sprengel hat später alles bestätigt; übrigens in Abwesenheit seiner Frau. Sie redet bis heute nicht darüber, es sei denn im Sessel des Therapeuten, den sie seither regelmäßig besucht.

An jenem Abend im Juli also vernahm Katharina ein Geräusch, dessen Herkunft ihr vollkommen unerklärlich schien. Der Abend war noch warm. Um einen unappetitlichen Geruch zu vertreiben, der von einem verendeten Marder auf dem Dachboden herrühren mochte oder von einer Maus im Fachwerk, standen Fenster und Türen offen. Doch das Geräusch war unbezweifelbar aus dem Inneren des Hauses gekommen.

Die Sprengels hatten den Sommer an freundlicheren Orten verbracht und waren nur ein einziges Mal im Haus gewesen, und auch damals nur für ein paar Stunden. Nun prüfte Helmut die eingegangenen Mitteilungen der Gemeinde und durchforstete den Stapel lokaler Wochenblätter, um für Gespräche im Dorf gerüstet zu sein. Er hatte das Geräusch, das ein Schaben gewesen war oder ein Kratzen, nicht gehört und zeigte deshalb auch keine Reaktion, als Katharina ihn beunruhigt anblickte.

Er setzte gerade an, ihr einen Artikel über den Protest gegen eine Salatfabrik vorzulesen, deren nächtliches Leuchten das Nachbardorf zur Schlaflosigkeit verdammte, als das Geräusch zum zweiten Mal vernehmbar wurde, und diesmal auch für ihn.

Er ließ die Zeitung sinken und spähte nach oben. Das Dach war im Frühjahr für eine ruinöse Summe neu gedeckt worden. Die Arbeiten hatte er mit dem Staunen des Unkundigen beobachtet. Jetzt beschlich ihn der Verdacht, man habe ihm Pfusch aufgeladen.
»Das Dach!«, murmelte er. Seine Frau konnte das Geräusch nicht einordnen, wusste aber, dass es weder vom Dachboden kommen konnte noch vom Gebälk oder vom Dach selbst. Nur blieb ihr keine Zeit mehr, ihn davon in Kenntnis zu setzen. Es war auch überflüssig. Denn jetzt ertönte es mit solcher Deutlichkeit, dass beide gebannt in dieselbe Richtung blickten.
Wie ein archaischer Nikolaus, umschwärmt von einer Wolke heiligen Rußes, kam durch den Kamin ein schwarzer Mann hernieder, Füße voran, dann Beine und Rumpf. Mit dumpfem Ton setzte er in der kalten Asche auf, so abrupt und hart, dass sie hochstäubte und seine Knie nachzugeben drohten. Doch er kam bebend zum Stehen und war nun bis zum Bauchnabel sichtbar: berußte Jeans, geschwärztes Hemd. Der Oberkörper blieb vom Rauchfang verdeckt, der Kopf musste noch im Abzugsrohr stecken. Katharina schrie und wollte aufspringen und blieb vollkommen starr, wie gelähmt in einem bleiernen Traum. Helmut krallte sich an den Lehnen des Sessels fest.
Der Mann im Kamin stand einen Augenblick regungslos, als habe ihn der Schrei irritiert. Nun aber beugte er die Knie, ganz langsam, als sei er unschlüssig, ob diese Geste der Demut hier am Platz sei. Dann jedoch knickte er umso rascher nach vorn, kniete jetzt wie ein Betender und war ganz und gar sichtbar in seiner entsetzlichen Rußigkeit.
Wieder schien er für einen Moment in tiefer Versunken-

heit zu verharren, bevor er ganz langsam den Oberkörper nach vorn beugte, so, als wolle er sich muselmanisch gen Mekka verneigen. Und tatsächlich ging die Richtung nach Osten, was ein Grund dafür gewesen sein mag, dass Katharina wenig später, als sie aus dem Haus lief, in unfassbarer Panik schrie, ein Türke sei durch den Schornstein gekommen, wogegen der Mann in Wahrheit aus dem Emsland stammte.

Dann gab der in zwanzig Sommertagen geschrumpfte, gedunsene und wieder gedörrte Körper endgültig nach und stürzte, eine Wolke pestilenzartigen Gestanks ausstoßend, in ganzer Länge auf die in Rautenmustern angeordneten Terrakotta-Fliesen.

»Wenn Sie genau hinschauen, können Sie noch die eine oder andere Spur entdecken«, erklärte Boysen, während ich dringend um ein weiteres Glas der betäubenden Spezialität nachsuchte. »Mich stört das nicht. Das Gruselige gehört zu dieser Gegend. Entweder, man mag es, oder man darf hier nicht wohnen. Sehen Sie: Wirklich erschreckend ist so etwas!«

Er wies aus dem Fenster in den dämmerigen Himmel, an dem gerade das grüne Licht der Salatfabrik zu gleißen begann. »Zweitausend Natriumhochdrucklampen, damit der Salat im Rekordtempo wächst. Myriaden von Faltern kommen zu Tode. Vogelschwärme werden vom Lichtkegel irritiert und flattern in die Drähte. Das ist es, was uns alarmieren muss! Aber es scheint, die Profitgier einiger Herrschaften ist stärker als ihre Demut vor der Schöpfung!«

Als ich nach Hause radelte, vorbei an schwarzen Gräben mit umgestürzten Weiden, an Gehöften ohne Licht, knisterte in meiner Jackentasche das Beitrittsformular zu einer naturschützenden Bürgerinitiative, die von Boysen angeführt wird. Ich bin ihr nicht beigetreten. Doch will ich nicht verschweigen, dass er inzwischen manchen wichtigen Sieg für sie errungen hat. Seit Ende des vergangenen Jahres trägt er das Bundesverdienstkreuz.

Elfentanz

An ihrem vorletzten Abend erlebte Beate Dohnert den Herbst mit einer Glut, die sie nicht mehr für möglich gehalten hatte. Was sie früher an ihrem Mann verspottet und später gehasst hatte, seine närrische Liebe zu Wald und Natur, gekrönt vom manischen Benennen der Gräser und Moose, erschien ihr wie eine nie verstandene Offenbarung. Drei Jahre nach der Scheidung spazierte sie mit ihm durch die Heide, fasste scheu nach seiner Hand, drückte sie und fühlte sich leicht genug, über Sandkuhlen zu springen und die albernen Lieder ihrer Schulzeit zu trällern. Er kam ihr gütig und warm vor. Sie lehnte sich an ihn auf der Brücke aus Fichtenstämmen, als sie nach den blauen Lichtern der Fischteiche spähten.

Sie saßen am Abhang unter Schirmkiefern, und sie glaubte, seine Sanftheit zu spüren, und war bereit, die Septemberbirken für goldene Springbrunnen zu nehmen und die niederschwebenden Blätter für Schmetterlinge. Er zeigte ihr Rentiermoos, sie überzeugte ihn davon, dass es geronnenes Silber sei; er überreichte ihr Kiesel der Jungsteinzeit, sie gab ihm Diamanten zurück; bei dem Spinnennetz am Fichtenast kam er schon selbst darauf, es müsse Goldgewebe sein.

»Man sagt doch, dass die zweite Begegnung die eigentliche sei«, behauptete sie. »Oder dass nach langer Trennung die wahre Geschichte erst anfängt.«

Da dämmerte es schon; und statt zu antworten, beobachtete er die Schleier, die vom Wiesengrund her über die Heide schleiften und die Wacholder einspannen. Es war die perfekte Stunde, allerdings einen Tag zu früh. Er nahm sie in den Arm, spürte ihre Aufregung und wunderte sich, dass sie weder die Richtung seiner Gedanken wahrnahm noch die unverscheuchbare Kälte seiner Hände.

Ich habe den Biologielehrer Andreas Klemm zwei Jahre nach dem Verbleichen seiner geschiedenen Frau in Hamburg getroffen. Es war an einem Frühlingsmorgen, den ich nur deshalb erlebte, weil ich mit einem Freund wach geblieben war. Um nüchtern zu werden, beschlossen wir, an einer Vogelstimmen-Exkursion teilzunehmen, die morgens um vier im Jenischpark veranstaltet wurde. Klemm leitete sie. In der rosigen Morgendämmerung fiel mir seine graue Aura auf.

Etwas später lernte ich in seiner Wohnung die Alben gepresster Moose kennen, mit denen er seine Frau gelangweilt haben muss. Nun war sie selbst in den Alben vertreten, und zwar in Form von Zeitungsausschnitten, in denen die Qualität ihrer Konservierung gerühmt wurde.

»Ihre Zuneigung an dem vorletzten Abend hat mich überrascht und sogar gerührt«, sagte Klemm. »Neben ihrer Lebendigkeit kam ich mir vor wie ein Stück Holz, das sich nicht biegen lassen will; dabei ist noch Leben darin. Aber ich sah auch die Männer, denen sie ihre Lebendigkeit gegönnt hatte. Sieben Jahre lang hatte sie mich getäuscht. Nun täuschte ich sie; mir genügte ein Tag.«

Das stimmt nicht ganz. Bereits ein Jahr nach der Scheidung hatte Beate wieder Kontakt zu ihm aufgenommen. Ihr zweiter Mann reiste in östliche Metropolen und blieb lange fort. Sie beklagte sich. Daraus waren regelmäßige

Telefonate geworden, in denen die Vertrautheit größer wurde als in den letzten Jahren ihres Zusammenseins. Als sie nach einiger Zeit damit herausrückte, wie sie den zweiten Ehemann hinterging, hörte Klemm zunächst gierig und schadenfroh zu. Später mischte sich Bitterkeit in seinen Triumph, und schließlich entdeckte er unter der Schutthalde seines Grolls einen Racheplan.
Zum dritten Jahrestag der Scheidung schlug er ein Treffen vor. Sie hatten sich seit dem Termin im Familiengericht nicht gesehen. Nun wollte er ein Haus mieten in der Gegend, in der sie zehn Jahre zuvor ihre Flitterwochen verbracht hatten: in der Heide bei Schneverdingen.
Beate war so aufgeregt, dass er sie dringend ermahnen musste, niemandem von dem bevorstehenden Wiedersehen zu erzählen. Dann erkundete er das Terrain, besichtigte abseits gelegene Ferienhäuser und suchte mit Gummistiefeln, Zollstock und Lot die geeignete Stelle für ihren letzten Fehltritt – in jenem Gebiet, in dem mittlerweile Zäune und Absperrungen dafür sorgen, dass ihr beklagenswertes Schicksal sich nicht wiederholt.
Am Nachmittag des 21. September holte er sie nicht in Schneverdingen ab, wo er der Vermieterin oder dem Bäcker hätte begegnen können, sondern am Bahnhof in Soltau, wo man sie sah und gleich wieder vergaß. Sie umarmten sich. Er beteuerte, sie sei jünger geworden, und staunte dann, dass die verstrichene Zeit ihr tatsächlich nichts hatte anhaben können.
Ausgelassen wie ein kleines Mädchen, und gleich vertraut mit ihm, hüpfte sie die Treppen des Bahnhofs hinunter. Er versuchte, ihre Zuneigung zu erwidern, und merkte beim Gang durch die Heide erleichtert, dass sie ihre eigene Wärme für seine hielt.

In der Nacht half ihm das Gedächtnis, sie zu begehren. Während sie sich geliebt fühlte, besiegte er den Mann, der sie weggenommen hatte, und bis zum Morgen überwand er alle Männer, die ihn gedemütigt hatten, bis er sicher war, der letzte Sieger zu bleiben. Sie schliefen bis weit in den Tag und blieben noch länger im Bett. Am späten Nachmittag fragte er, ob er sie fotografieren dürfe, an seinem Lieblingsplatz.

Ihr muss der letzte Spaziergang vorgekommen sein wie ein Urwaldabenteuer. Der Pfad war zunächst noch grasbewachsen und führte an Weiden und Ebereschen vorbei, dann gab es nur noch Birken, das Gras verkroch sich, am Rand blieben graue Knäuel von Heidewurzeln und Moosbeerenzweigen, und sie gingen auf weicher, schwingender Erde, bis sie in den Bezirk der alten Kolke und Torfstiche kamen.

Hier herrschte leblose Stille. Das Wasser war tiefbraun und klar, langbeinige Wanzen fuhren über seinen Spiegel, am Rand wucherte blasenbedecktes Kraut, und wie gebleichte Knochen ragten aus dem Wasser die Stämme der Bäume, die gestorben waren, als man die Auslaufgräben abgedichtet hatte, auf dass sich das alte Moor wieder fülle.

»Es ist schön hier«, sagte sie, »aber auch unheimlich. Gut, dass du dich auskennst.« Er zeigte ihr Wollgras und Rosmarinheide und, als gebe er ihrer Gesundheit noch eine Zukunft, warnte sie vor den schwarzblauen Früchten der Krähenbeere. Sein liebster Platz war ein alter Eichenstumpf vor einem hellgrünen Teppich von Torfmoosen. Hier öffnete er die Champagnerflasche. Sie stießen an.

»Und jetzt«, sagte er, »kommen die Elfen!« Tatsächlich krochen die Nebel zwischen den Sumpfgräsern hervor und schlichen über das Wasser; wieder war es die vollkommene Stunde.

»Aber ich bin doch deine Elfe!«, sagte sie.
»Ja, und obwohl du eigentlich unsichtbar bist, versuche ich dich zu fotografieren!«
Sie leerte ihr Glas und sprang auf: »Versuch es doch!«
Sie lief ein Stück und versteckte sich hinter Ginstersträuchern; er hielt den Augenblick fest, als sie wieder hervorkam. Sie hüpfte davon auf dem Damm aus Birkenknüppeln. Er machte ein Bild, wie sie sich die Jacke über den Kopf zog: »Ich bin die Moorfrau!«
Endlich stand sie ihm gegenüber, einen Steinwurf entfernt, zwischen ihnen die Fläche des Torfmooses.
»Geh lieber nicht weiter!«, rief er. »Dahinten wird es matschig! Komm herüber zu mir!«
Sie streckte einen Fuß vor und zögerte vor dem grünen Teppich. »Aber hält denn das hier?«
Er hob die Kamera vor's Auge: »Natürlich! Lauf auf mich zu, Liebste! Mit ausgebreiteten Armen!«
Und sie lief.
Am Anfang, erzählte er mir in seinem Herbarium, sei es ihm vorgekommen, als habe sie tatsächlich laufen können auf dem trügerischen Grün und als trete sie kaum auf, wie eine federleichte Elfe. Doch dann gab die dünne Moosdecke nach.
»Es war seltsam, sie gab keinen Laut von sich. Sie sah mich nur an, ganz verwundert, so, als könne sie dieses Ereignis nicht in Einklang bringen mit mir, der ich lächelnd am Rand stand, die Kamera um den Hals und mit erhobenem Glas. Sie sank einfach ein, ruderte nicht mit den Armen, schrie nicht um Hilfe, sie verschwand. Und dann muss sie in dem musigen Torfbrei am Grund stecken geblieben sein, oder ihre Arme haben sich verwirrt in den schleimigen Zöpfen des Mooses, oder ihr Fuß blieb hängen an einer Wurzel. Es

sei denn, sie wollte nicht wieder auftauchen. Jedenfalls stiegen nur ein paar Luftblasen empor und platzten, und dann schloss sich das Geflecht auch schon, als müsse die Wunde rasch zuwachsen, der Teppich war wieder vollkommen.«

Klemm setzte sich auf den Baumstamm. Er trank den Champagner aus und wartete, während die Dämmerung die Farben löschte. Ein schwarzer Torfkahn mit schwarzen Segeln stakte über den Himmel.

Als er in der dunklen Stille aufbrach, konnte er nicht mehr erkennen, warum es auf einmal klang, als springe ein Fisch aus dem Wasser.

Sechs Wochen später kam eine Gruppe von Studenten zu Moorbohrungen an den Kolk. Einer von ihnen entdeckte etwas, das wie ein goldener Teppichnagel in der Mitte des grünen Flors glitzerte. Es war ein Lippenstift. Mehr aus Spaß denn aus Neugier suchten die Biologen mit Stangen den Grund ab.

Am Tag darauf verkündeten die Heidezeitungen in stolzen Lettern, im Pietzmoor sei die Leiche einer Bauersfrau entdeckt worden. Es handele sich um einen Glücksfall für die Wissenschaft, denn der Körper sei jahrhundertealt, jedoch vollständig unversehrt und vom konservierenden Schlamm wie im Urzustand versiegelt.

Die fällige Korrektur der Meldung kam mit Verspätung und fiel entschieden kleiner aus, weshalb noch heute im Schneverdinger Heimatmuseum immer wieder Besucher nach der uralten Moorleiche fragen.

Der lange Weg ins Meer

Ihren letzten Tag erlebte Lisa Pfaff wie einen leidenschaftlichen Tanz. Sie fürchtete sich nicht länger. Ihr Mann hatte nicht den geringsten Grund mehr zu Rügen und Belehrungen gefunden. Rundschläge, Ziehschläge, Rückwärtsschläge hatte sie mit dem Geschick einer Wildwasserexpertin gemeistert.

Sie war endlich vertraut mit den anarchischen Späßen der Wellen. Sie sah nichts Tückisches mehr im Huschen der grünen Rücken und weißen Köpfe, die sich aufbäumten, blähten und gurgelnd zusammenfielen, um gleich noch höher zu wachsen. Im rebellischen Aufschäumen und wütenden Klatschen gegen die Bordwand, im Rauschen der Schnellen entdeckte sie nun die Herausforderung und das Spiel.

Am Vortag noch hatte sie sich geängstigt, wenn die Wellen das Boot von der Seite her ansprangen, so dass es ins Schlingern kam und Wasser über das Oberdeck rollte. Jetzt spürte sie dabei ihre eigene Lebendigkeit. Sie hatte ein paar Mal aufgeschrien, wenn der Bug zu tief eintauchte und im nächsten Augenblick heftig emporsprang. Jetzt merkte sie, dass sich der Schwung auf sie übertrug, und im Gleichklang der Paddelschläge glaubte sie, die Sehnsucht und die Abenteuerlust ihres Mannes zu verstehen.

Sie wischte sich das Spritzwasser aus den Augen und wandte sich um. In einer Gischt von Silberstaub und funkelnden Tropfen sah sie ihn lachen, und sie entschied, ihn von nun an in jedem Jahr auf diese wagemutige Fahrt zu begleiten.

Genau diesen euphorischen Beschluss hatte Robert befürchtet. Er hätte ihn rechtzeitig verhindern können, hätte er die Kraft gehabt, bereits im Frühjahr ihren Wunsch rundheraus abzulehnen. Neun Jahre lang war er in jedem Sommer für drei Wochen in die Einsamkeit aufgebrochen, hatte allein mit dem Wasser, dem Wetter und mit sich selbst gekämpft, hatte das Bleigewicht der Alltage abgeworfen, um leicht und verjüngt zurückzukehren.

Nun auf einmal wollte sie ihn begleiten. Nicht aus Eifersucht, wie sie beteuerte, sondern aus Liebe; sie wolle alles mit ihm teilen, und im zehnten Jahr auch seine Einsamkeit. Er hatte versucht, sie durch Überredung davon abzubringen, indem er ihr Gefahren und Unbequemlichkeiten vor Augen führte. Immerhin war sie schreckhaft und scheu. Aber: »Wenn du dabei bist«, hatte sie geantwortet, »fürchte ich mich nicht!« Und während er bis dahin geglaubt hatte, den offenen Kampf zu lieben, musste er sich nun eingestehen, dass er sich zwar unverzagt an Stromschnellen, Widerwellen und tückische Felsen wagte, nicht jedoch an ein offenes Wort mit seiner Frau.

Und obwohl er sicher war, dass hinter ihrem Wunsch, alles zu teilen, die Absicht steckte, alles zu kontrollieren, hatte er sie schließlich mitnehmen müssen auf die Fahrt über Frederikshavn und Oslo und Hamar, hatte sie auf dem Strynsee in den Paddeltechniken unterwiesen und fuhr nun mit ihr in einem Zweierkajak jenen Fluss Stryn hinunter, den er besser kannte und den er mehr liebte als seine Frau.

Am späten Nachmittag dieses vierten Tages war die Strömung ruhiger geworden. Auf der gestrafften Persenning stand noch das Wasser in kleinen Seen, bis es bei den letzten Hüpfern des Bootes zu beiden Seiten herunterrann. Die letzten Wellen zerbrachen an den Kanten und fielen, sich auflösend und zerrinnend, zurück. Aus den Schaumköpfen waren breite, runde Rücken geworden, die sich immer weiter verflachten. Sie wurden kleiner, zwergenhaft, und verschwanden dann ganz.

Vom Tosen blieb ein freundliches Murmeln, das Wasser war zahm geworden. Plaudernd floss es neben ihnen her, während die Ufer zurücktraten und die Felswände niedriger wurden. Sie legten die Paddel vor sich hin und ließen sich treiben. Als der Fluss noch breiter und stiller wurde, zogen sie die Spritzdecken zurück. Sie weckten die Knie mit ein paar nachlässigen Übungen und hoben die Beine zu beiden Seiten über den Rand, um ein wenig zu schaukeln, so dass die Füße abwechselnd links und rechts in das Wasser tauchten.

Lisa lachte vor Vergnügen: »Nun sag mal selbst: Ist es nicht viel schöner zu zweit?«

Er log: »Wenn ich ganz ehrlich bin, habe ich das vor unserem Aufbruch nicht für möglich gehalten. Aber jetzt muss ich zugeben: Du hast Recht. Es ist herrlich!«

Er breitete die Karte aus und stellte fest, dass sie zwölf Kilometer von ihrem letzten Lagerplatz entfernt waren und nun unmittelbar in jene Gewässer einfahren mussten, in denen er seine Einsamkeit wiedererlangen wollte, und dann für immer.

Über den Felswänden stand dichter Wald. Wenn der Fluss eine Krümmung machte, sahen sie über den Bäumen die Berge emporragen. Ohne Übergang wuchsen sie dunkelgrau aus dem Wald und trugen noch Krüppelkiefern und Kraut bis fast an die schimmernden Gipfel. Darüber gleißte die Sonne.

Lisa cremte sich ein und lehnte sich zurück. Das Boot lag ruhig. Die Schwere des doppelten Gepäckes und ihres eigenen Gewichtes verliehen ihm Stabilität. Wenn Lisa sogar in den folgenden Stromschnellen perfekt fahren würde, würde Robert selbst den entscheidenden Fehler begehen müssen. Für den Fall des Kenterns hatte er ihr eingeschärft, sie solle sich an einem Felsen festhalten und ihn möglichst erklettern. Bislang waren keine Felsen im Fluss zu sehen gewesen. Doch jetzt mussten sie kommen, gleich war es so weit. Robert begrüßte die Strömung wie einen verbündeten Krieger. Schon beschleunigte sich die Fahrt. Jetzt rückten die Felswände zu beiden Seiten wieder näher zusammen.
Lisa merkte es, als Schatten auf ihr Gesicht fiel. Sie richtete sich auf und griff nach dem Paddel. Sie lauschte. Während sich abermals die weißen Köpfe erhoben, gegeneinander sprangen und sich überschlugen, war ihr, als hörte sie vor sich ein dumpfes Grollen, wie fernen Donner, der zwischen den Bergen entstanden war und nun dröhnend ins Tal rollte, direkt auf sie zu.
Sie wandte sich um. Robert winkte beruhigend ab. »Nur etwas abbremsen!«, rief er.
Sie machte langsame Rückwärtsschläge, um das Boot im Vorwärtsschießen zu zügeln. Sie reckte den Hals, um das Fahrwasser zu überblicken. Sie sah nichts als die weißen Kronen der Widerwellen und jetzt, immer häufiger in dem Gischten, hier und da die Kanten eines Felsblocks.
Vor ihnen beschrieb das Flussbett eine scharfe Biegung nach links. Bisher hatten sie sich in der Mitte gehalten, nun manövrierten sie das Boot an das Ufer heran. Dort war das Wasser weniger reißend. Mit der geringstmöglichen Geschwindigkeit kamen sie um die Kurve.
Dann gab es kein Halten mehr. Obwohl sie in der Innen-

seite fuhren, wo die Strömung am schwächsten war, sauste das Wasser mit ihnen davon. Um sie brodelte, zischte und spritzte es, als führen sie auf einmal in einem Topf kochenden Wassers. Aus dem Chaos springender Wellen erhoben sich spitz die schwarz triefenden Köpfe der Felsen.

»Lass uns landen!«, rief Lisa.

Doch die schroffen Uferwände ließen das nicht zu. Und immer standen vor ihnen und neben ihnen noch wildere Wellen auf. Die kleinen zerbrachen zu glitzerndem Staub, die großen sprangen über den Rand und fielen klatschend über sie her. Das Boot hüpfte durch den brausenden Aufruhr, wandte sich unvermittelt nach links, sprang nach rechts und tat einen Satz auf scharfzackige Felsblöcke zu. Sie arbeiteten, stemmten sich gegen die Wucht, zogen, drückten, rissen die Paddelblätter herum, dass das Holz stöhnte.

Es half nichts. Mit der Strömung sausten sie auf ein unheimliches Brausen zu, die Wellen schoben und drückten nach. Es gab nicht mehr die leiseste Andeutung einer Fahrrinne, nur die donnernde Revolte verhieß, wohin es hier ging: durch Barren und Riffe hinab. Robert stemmte die Füße gegen den Spant und machte den Rücken krumm. In dem Augenblick, als eine Sturzwelle auf die Spritzdecke krachte, legte er sich zur Seite.

Das Boot kippte und leerte sie aus.

Robert hatte diese Schnellen so oft durchfahren, und er war so oft gekentert dabei, dass ihm bei aller Furcht die Wirbel und Strudel wie Verbündete vorkamen. Beine voraus, vertraute er sich der Strömung an, stieß sich mit den Füßen an Felsen ab, die er durch bloße Berührung wieder erkannte, und landete wenig später an jener seichten Uferstelle, an der er beinahe in jedem Jahr die Böschung erklommen hatte.

Diesmal nur war etwas anders. Jemand stand dort, als hätte er ihn erwartet. Tatsächlich hatte das Krachen des Bootes und Lisas Schrei ein paar Männer alarmiert, deren gelbes Zelt Robert jetzt durch die Bäume schimmern sah. Er erinnerte sich: Nicht weit von hier führte die Straße nach Hornindal vorüber. Einer griff ihm unter die Arme, ein Zweiter half. Als Robert auf zitternden Beinen stehen konnte, zeigten die beiden aufgeregt in den Fluss.
Er traute seinen Augen nicht. Das lädierte Boot hatte sich zwischen zwei Felsen verkantet, Schlafsack, Rucksack und Fetzen des Zeltes waren hängen geblieben und wurden von den Wellen hin- und hergeworfen.
Doch auf einem der Felsen, der sich wie eine runde, bequeme Insel ausnahm, stand Lisa. Lisa hatte sich gerettet. Und sie winkte.
Benommen von der Überraschung, winkte Robert zurück. Ungläubig spähte er flussabwärts, dorthin, wo er sie vermutet hatte: emporgeworfen und wieder hinabgerissen von einer unaufhörlichen Wasserwalze, aus der es ein Entkommen nicht gab. Aber sie stand auf einer Insel, ganz ohne Zweifel. Sie war entkommen. Anscheinend unversehrt, ruderte sie mit den Armen, nur ihre Füße wurden unablässig vom reißenden Fluss überspült.
Verstört rief er: »Wir holen dich!«
Doch seine Stimme war noch zu schwach, um das Toben und Brausen zu übertönen. Einer der beiden Männer war zu den Zelten gelaufen und kehrte nun mit einem Rettungsring zurück. Robert beruhigte sich; die Männer waren augenscheinlich unerfahren im Bergen von Schiffbrüchigen. Lisa müsste den Ring aus der Luft fangen. Dabei würde sie unweigerlich die Balance verlieren und abrutschen. Der Mann bot den Ring an. Robert hob die Schultern und deu-

tete an, er sei noch zu schwach. Darauf wog der Mann den Ring in den Händen, wartete, als müsse er günstigen Wind abwarten, und warf.

Wie eine Frisbeescheibe, in einer perfekten ballistischen Bahn, segelte der Ring durch die Luft und landete auf der winzigen Insel.

Robert stand starr. Der Mann nickte, als hätte er nichts anderes erwartet, klopfte ihm auf die Schulter und stellte sich vor: Thorben. Robert musste hilflos mit ansehen, wie Lisa den Ring überstreifte. Damit allerdings war sie noch nicht gerettet. Er tröstete sich: In diesem schäumenden Abgrund könnte der Ring ihr nichts nützen; sie würde dennoch fortgerissen werden.

Als hätte der Mann seine Gedanken erraten, rief er Lisa zu: »Wait!« Und dazu machte er eine Geste, als wolle er telefonieren. Robert stellte überrascht fest, dass sich inzwischen ein Dutzend Leute versammelt hatte. Thorben bekam prompt ein Handy gereicht. Es war, als hätte er sofort Verbindung zur Rettungsleitstelle in Stryn. Er verlangte einen Helikopter.

Robert sah zu seiner Frau hinüber und begriff nicht ihr Glück. Das Schicksal hatte sich auf ihre Seite geschlagen. Gegen alle Wahrscheinlichkeit war sie auf einen rettenden Felsen gelangt. Gegen alle Wahrscheinlichkeit trug sie drei Minuten später bereits einen Rettungsring. Und nun würde ein Hubschrauber kommen, eine Strickleiter auswerfen, und ein Held der Rettungswacht würde sie unter dem Beifall der Menge erlösen.

Allerdings, der Rettungshubschrauber müsste aus Trondheim kommen, wenn nicht aus Bergen; bis zu seiner Ankunft würde mindestens eine Stunde vergehen. Und Lisa war ausgelaugt vom Paddeln und Kämpfen, überdies musste sie an

Unterkühlung leiden, und schließlich wurde der glitschige Felsen samt ihren Füßen immerzu von reißendem Wasser überspült.
Ihre Schreckhaftigkeit fiel ihm ein. Wenn der Hubschrauber plötzlich lärmend über der Schlucht auftauchte, könnte sie das Gleichgewicht verlieren. Aber Verlass war darauf nicht, und wenn sie gerettet würde, müsste er sich etwas einfallen lassen zur Rechtfertigung seines Fehlers und seines Leichtsinns, da er trotz genauer Kenntnis in diese höllischen Schnellen gefahren war.
Er blickte um sich. Es dämmerte schon. Doch Hubschrauber hatten Suchscheinwerfer.
Die Umstehenden, es mochten inzwischen fünfzig und mehr sein, sogar Deutsche waren darunter, fachsimpelten über die Lage und riefen Lisa Mutworte zu. Auch er selbst fühlte sich genötigt, hin und wieder seine Stimme zu erheben: »Halte durch, Lisa!«, rief er. Oder: »Der Hubschrauber kommt gleich.«
Und tatsächlich hörte er bereits den wuchtigen Wirbel der Rotorblätter. Jetzt endlich fiel ihm etwas ein. Er wandte sich auf Deutsch an die Zuschauer, denn Thorben sollte nichts verstehen.
»Wir dürfen keine Zeit verlieren«, rief er. »Wir müssen eine Leuchtrakete abschießen, damit der Helikopter uns sieht!«
Und diesmal hatte er Glück. Ein eifriger Familienvater eilte zu seinem Zelt und kehrte gleich darauf mit Pistole und Leuchtpatronen zurück. Er wollte sie Robert aushändigen.
»Nein«, beharrte der, »machen Sie das, ich kenne mich nicht aus. Schnell!«
Der Hubschrauber wurde lauter. Thorben, der im Rücken die Unruhe spürte, wandte sich um. »Hold it!«, rief er panisch.

Zu spät. Eine rot glühende Kugel stieg auf. Mit entsetzlichem Krachen raste der Widerhall des Schusses an den Wänden der Schlucht entlang, über den Fluss und zurück. Lisa war aufgeschreckt und zitterte, sie bebte. Und jetzt machte sie eine Bewegung.
»Stay there!«, schrie Thorben.
Doch Lisa machte den entscheidenden Schritt. Sie verlor den Halt. Im Widerschein der fliegenden Fackel, unter den Schreckenschreien der Menge, rutschte sie ins Wasser, wurde sogleich gegen die Felsen geschleudert und fortgerissen. Zwischen dem zornigen Schaum sahen sie noch den Rettungsring auftauchen.
Jetzt aber flammte der Scheinwerfer des Hubschraubers auf. Offenbar fing er sie im blendenden Kreis seines Lichtstrahls.
Er stand einen Augenblick über den Riffs, dann bewegte er sich weiter.
An seinem Kurs flussabwärts konnten sie erkennen, wie er die Reise ihres Körpers verfolgte, fort, immer weiter, bis das gewaltige Zischen der Rotorblätter nur noch als Zwitschern zu hören war, das sich mit dem Abendgesang der Vögel vermischte.
Wohl gelang es dem Hubschrauber noch, ihrem Weg ein paar Kilometer zu folgen, dann nur noch dem Ring, und bei der Mündung des Flusses in den Nordfjord und im Salzwind des Meeres verlor sich auch diese Spur.
Robert Pfaff ist Redakteur einer süddeutschen Zeitung, für die ich gelegentlich schrieb. Mittlerweile hat er seine Faltbootfahrten nach Kanada verlegt.
»Die norwegischen Gewässer«, sagt er, »haben für mich ihre Unschuld verloren. Ich weiß nicht, ob Sie das verstehen.«

Die Barmherzigkeit

Das Schlimmste ist die Barmherzigkeit«, lehrte mich die hinfällige Oberstudiendirektorin Helene Lange, die mit blankem Schädel und hohlwangig im Zimmer meiner Großmutter lag. »Am furchtbarsten ist die Freundlichkeit«, sagte sie, »am unerträglichsten ist die Beschönigung.«

Ich nahm zunächst an, sie meinte die lügenhafte Bezeichnung ihrer Behausung. Demnach lebte sie in einer Residenz. Altenheime existieren bekanntlich nicht mehr. Stattdessen gibt es Seniorenwohnsitze, Lebensabenddomizile, Parkanwesen, Ruhestandspensionen und eine unüberschaubare Zahl von so genannten Residenzen.

Diese Heime mögen sich nach Lage, Zimmergröße, Ausstattung und Kost unterscheiden. Für die Bewohner besteht der Tag in jedem Fall aus Warten. Aus Schlafen und Warten und Essen und Warten und Zubettgehen und Warten. Als Lebenshöhepunkt gelten Kaffee und Kuchen. Das Personal der angeschlossenen Pflegestationen kennt freilich noch eine andere Tageseinteilung: Wecken, Waschen, Wenden, Füttern, mit dem Höhepunkt Abtöpfen.

Sofern die Alten nicht um achtzehn Uhr mit Valoron und guten Wünschen zu Bett gebracht wurden, konnten sie gelegentlich einen Akkordeonspieler sehen, der sie zum Singen und Schunkeln animierte. Ein Zauberer, angeblich bekannt aus Funk und Fernsehen, holte eine brennende Zigarette unter einem Tuch hervor. Ein junger Mann spielte

Klavier und behauptete, er wolle den Menschen eine kleine Freude bereiten. Unter dem Motto »Heiterkeit ist Trumpf« wurden Verse von Wilhelm Busch zu Gehör gebracht. Ein Trachtenchor brachte Volkslieder dar und beugte sich dem dürren Beifall der Greisenhände.

»All die so genannten heiter-besinnlichen Abende!«, stöhnte Helene Lange, während meine Großmutter vollkommen stumm blieb. »Und die geselligen Nachmittage in froher Runde und die Kaffeekränzchen mit allerlei Kurzweil, die Melodien bei Kerzenbeleuchtung und die Schallplattenkonzerte im Wintergarten und Diavorträge über Andalusien, wie entsetzlich ist das alles! Das hat alles dieser Drenkhahn auf dem Gewissen! Und für das Frühlingsfest der Pflegestation hat er mit der Bastelgruppe Blumen aus buntem Papier zusammengeklebt. Es war furchtbar! Und die schrecklichen Preise bei der Tombola, all die nachgelassenen Serviettenringe und Porzellanhunde und bemalten Krüge!«

Wenn Helene Lange ihren dreirädrigen Wagen aus dem Zimmer schob, öffnete meine Großmutter den Mund und flüsterte: »Sie ist so undankbar!«

Zweifellos wusste Helene Lange die Vorzüge ihres Aufenthaltsortes nicht zu schätzen. Doch der Pfleger Ralf Drenkhahn kümmerte sich mit der gleichen unbegreiflichen Hingabe um sie wie um meine Großmutter und die ganze Pflegestation. Diejenigen, die welk und glasig vor sich hin starrten, animierte er zu kleinen Bewegungen, welche er Gymnastik nannte. Er gründete eine Dementengruppe und führte Gedächtnisübungen durch, die nichts anderes sein konnten als Schwimmübungen in der Wüste.

Die Kollegen rechneten seinen Ehrgeiz der Unerfahrenheit zu, denn die Seniorenresidenz »Haus am See« war seine erste Station nach der Ausbildung. Während ihnen die Zeit gerade reichte, den Alten mit dem Lappen durchs Gesicht zu fahren, hatte er es sich in den Kopf gesetzt, die Bettlägerigen satt, trocken und sauber zu halten und überdies mit Freundlichkeit zu verwöhnen. Er drehte durchnässte Oberdecken nicht einfach um, sondern wechselte sie und redete dabei den Alten gut zu, statt sie abzukanzeln. Er wusch sie auch nicht, wie man ihm riet, zuerst unten und danach im Gesicht, um ihnen die Grenzen zu zeigen, sondern behandelte sie, als besäßen sie Würde.

In der Residenz war es jahrelang üblich gewesen, dass die Alten nach dem Essen in Vierergruppen zur Toilette geführt wurden, jeder die Hände auf den Schultern des Vordermannes, um dort auf die Abfertigung zu warten. Nachdem es aus den wackeligen Reihen wiederholt Ausbruchsversuche gegeben hatte, war man jedoch dazu übergegangen, das Abtöpfen im Speisesaal vorzunehmen.

»Und das ging doch!«, sagte Helene Lange. »Das ging doch bestens!«

Die Frauen mussten vor den leer gegessenen Tellern aufstehen, ein Pfleger raffte ihnen das Kleid hoch und stopfte es unter dem Gürtel fest, während die Toilettenstühle hereingerollt wurden, gefolgt von einem mit Windeln und Einlagen bepackten Wagen. »Bestens ging das!«, sagte Helene Lange. »Und schnell! Ich will doch nicht mit süßem Lächeln sanft an der Hand genommen werden! Soll ich denn die hehren Ideale irgendeines sentimentalen Pflegers ausbaden! Um Himmels willen!«

Sie meinte Ralf Drenkhahn, der an der bewährten Abtöpfpraxis vorsichtige Zweifel geäußert hatte. Er wollte nach besseren Lösungen suchen. Die Kollegen forderten ihn auf abzuwarten. Anfangs hatte er nicht eingesehen, weshalb die Senioren beim Essen mit Plastikschürzen an die Stühle gebunden wurden; nach ein paar Wochen gab er immerhin im Fall von Helene Lange die Notwendigkeit zu. Ebenso hatte er den lässigen Umgang mit Hörgeräten und Brillen in Frage gestellt, der längst dazu geführt hatte, dass niemand mehr die passenden Gläser trug oder noch etwas hörte. Gleichfalls wurde trotz eingenähter Namen die Unterwäsche einschließlich der Korsagen vertauscht, und die meisten Alten mussten sich damit zufrieden geben, mit dem Gebiss irgendeines ihrer Nachbarn zu kauen.

Drenkhahn bemühte sich, duldsam und schonend Ordnung zu schaffen, doch bereits die Zuordnung der Hörgeräte erwies sich als unüberwindliche Hürde. Nach allem, was mir die Oberstudiendirektorin erzählte, muss er an der anderswo längst besiegten Krankheit der Hilfsbereitschaft gelitten haben, wenn er nicht vom noch schlimmeren Virus des Mitgefühls infiziert war.

Je länger seine Freundlichkeit andauerte, und sie schien sogar zu Barmherzigkeit auszuarten, desto mehr Stoff zum Lachen fanden seine Kollegen. Er legte liebevoll den Arm um eine verwirrte Frau, er hörte sich das Gestammel eines Greises an, als sei noch ein Sinn daran zu entdecken.

»Ja, immer schön dran denken, Ralf«, sagten die Kollegen. »Im Mittelpunkt steht der Mensch! Aber findest du nicht, gerade im Mittelpunkt ist er einem ständig im Weg?«

Und wenn Drenkhahn Pläne für eine bessere Organisation entwarf oder sich Gedanken über die Sauberkeit machte, belehrten sie ihn: »Ralf, jeder von uns weiß, dieses Heim könnte fantastisch sein! Wenn nur die Alten nicht wären!«

Bei dieser Art Unterstützung muss er sich allein gefühlt haben, zumal alles dafür spricht, dass es viel mehr als dieses Heim in seinem Leben nicht gab.

Die Kollegen verachteten die Pflegestation wegen des

Drecks und des Gestanks und wegen der Gemeinheit der Alten, die sich absichtlich die Katheter herausrissen, frische Wäsche verpesteten, an ihren Windeln nagten und nachts im Nachthemd zum Notausgang taumelten, um durch den Park am See zu flattern, wo sie am Morgen als sterbende Schwäne im Ufergras entdeckt wurden.

Im Übrigen verfügten auf der Pflegestation nur die wenigsten Patienten noch über Geld. Meine Großmutter ließ sich gelegentlich Fünf-Euro-Scheine mitbringen und verteilte sie nach einem unerklärbaren Schlüssel an Personal und Patienten. Helene Lange sah ich nur mit Kupfermünzen hantieren. Die Konten waren längst unerreichbar.

Im Flügel der Appartements konnten sich die Pfleger immerhin ein Zubrot verdienen, indem sie heilkräftige Kräuterkissen und Nierenschützer verkauften, Kupferarmbänder gegen Herzbeschwerden, eisenhaltige Gummifolien gegen Ischias, Cantharidenpflaster, Stutenmilch, Gelee aus Kalbsfüßen und Pastillen aus neuseeländischen Grünlippenmuscheln. Auf der Pflegestation begriffen die Patienten nicht einmal mehr, welche Wandlung diese Wundermittel herbeiführen sollten.

»Wir haben uns doch längst überlebt«, lamentierte Helene Lange, während sie mit dem Gebiss meiner Großmutter klapperte. »Wir sind am Ende mit unserem Sinn. Wir sind nicht mehr wir selber und werden es nie wieder sein. Deswegen wollen wir auch keine Hilfe mehr. Ich will lieber angeraunzt und gerüffelt werden als den widerwärtigen Schleim dieser Freundlichkeit lecken.«

Als Drenkhahn noch lebte, war die Studiendirektorin noch beweglich und verfügte über ein fremdes Haarteil. In der Nacht zum 13. Oktober 1998 klingelte sie nicht nach ihrem Schlafmittel, sondern erhob sich, setzte die blonden Locken auf und begab sich zum Zimmer der Nachtwachen. Sie öffnete die Tür und sah, dass Ralf Drenkhahn auf der Liege eingeschlafen war. An dem Pillenfläschchen erkannte sie, dass er ein Beruhigungsmittel genommen hatte.

»Er tat mir Leid, weil er den langen Weg noch vor sich hatte von der Zuversicht in die Hoffnungslosigkeit.« In einer unergründlichen Anwandlung von Barmherzigkeit nahm sie ihm die Zeitung vom Schoß und breitete sie über die glutheiße Birne der Leselampe. Dann fuhr sie mit dem Lift ins Erdgeschoss und rief von der nächtlich verödeten Rezeption aus die Feuerwehr an.

»Wenn er ein guter Mensch war«, erklärte sie mir, »ist es angemessen, dass er jetzt in einer besseren Welt weilt. Möge er sich dort wohl fühlen. Für uns war er unerträglich. Die es gut meinen, das sind die Schlimmsten.«

Auf den Kreideklippen

Am ersten Tag kam Lothar Schöne zu spät zum Frühstück. Die meisten Teilnehmer der Gruppe hatten sich bereits zum Bus begeben. Als er den Raum betrat, wickelten sie gerade die letzten Brötchen für die Fahrt in Servietten und stopften sich das Obst in die Taschen. Ein Herr eilte ans Buffet und spießte die verbliebenen Schinkenscheiben auf, bevor der Neuling sie orten konnte. Der kam dann erwartungsvoll, murrte sogleich angesichts kahl gefressener Platten und Schalen und bekam vom Kellner den Bescheid, die Frühstückszeit sei vorbei, jetzt werde abgeräumt. Er konnte noch eine Mohrrübe retten.

»Wer zu spät kommt, den bestraft das Leben«, erklärte ihm eine Dame, die vom Tisch aufstand, als er sich zu ihr setzte. Es war Juli 1999, und der Spruch war schon nicht mehr ganz frisch. Doch auf Lothar Schöne traf er zu, mit bitterer Konsequenz.

Er kam zu spät an den Bus. Die anderen hatten bereits ihre Fensterplätze erobert und mit Hüten und Schals zum Eigentum deklariert; nun starrten sie missmutig nach draußen. Doch Schöne stieg noch nicht ein; er musste erst noch Fotos machen von Bus und Hotel. Der Reiseführer, ein junger Geologe aus Greifswald namens Tilman Jurek, lächelte versöhnlich, nahm das Mikrofon und bat alle Teilnehmer, hinfort pünktlich zu sein. Aber in Lothar Schöne war etwas, das ihn daran hinderte, zur rechten Zeit zu kommen.

Weil er am Parkplatz vor der feldsteinernen Kirche einen Imbiss entdeckte, erfuhr er weder, wie der steinerne Abt hieß, dem ein weißer Hirsch mit Kreuz im Geweih erschienen war, noch, wann die letzten Mönche über die Klostermauern geflohen waren, noch, wer den Sternenhimmel ins Gewölbe gemalt hatte.
Immerhin fotografierte er alles. Im ältesten Dorf der Insel fragte er, was die runengleichen Kennmarken über den Haustüren zu bedeuten hatten, und wurde von einem Mitreisenden belehrt: »Das hat er gerade erklärt.« Jurek ließ sich allerdings erweichen, einzig für ihn die Erläuterungen zu wiederholen, und Schöne fotografierte ihn zum Dank neben dem Rosenstock am Eingang des ältesten Hauses. Wenig später waren sie auf dem höchsten Hügel versammelt. Jurek lenkte ihren Blick zu den Sicheldünen und Stränden im Osten, zu den Schilfufern im Westen, nach Süden auf die Vogelkolonien der Marschwiesen, schließlich über die silbrig und hellgrün glänzenden Nehrungen zu der Silhouette von Türmen am Horizont. Er hatte eben alles erklärt, als der Kopf Lothar Schönes am Hügelrand auftauchte. »Ach, hier sind Sie!«
Dieses eine Mal noch, aber dann nicht mehr, war der Reiseführer bereit, sein Wissen noch einmal herzusagen.
»Gleich am ersten Tag kamen wir mit erheblicher Verspätung zum Mittagessen«, erzählte mir Tilman Jurek in Binz. »Die anderen Reiseteilnehmer waren verärgert. Ein einziger Mann hielt sie auf. Und auch mir ging er mehr und mehr auf die Nerven. Er war nicht einmal ein langsamer Mensch, nur ungeschickt und umständlich. Er ließ sich ablenken, blieb an Wurstbuden stehen und konnte sich nicht entscheiden, verschwand in Bäckereien und verlor sich auf der Suche nach Fotomotiven. Er vergaß die Zeit und die anderen.

Wenn wir ihn ermahnten, sah er überrascht auf die Uhr und schüttelte verwundert den Kopf. Er erwartete, dass die Zeit ihren Verlauf nach ihm bemaß, und wenn nicht, sollten sich zumindest die anderen nach ihm richten. Doch das wollten sie nicht. Es klingt sonderbar, aber ihn aus dem Weg zu schaffen war die einfachste Lösung. Andernfalls hätte ich mich immer aufs Neue mit ihm auseinander setzen müssen, und dazu mit dem Unmut der Gruppe. Aber ich bin kein Kämpfer. Deshalb musste er verschwinden.«

Am Nachmittag, als sie eine halbe Stunde auf Schöne gewartet hatten, weil er im Garten eines Herrenhauses zwischen Wasserspielen und Grotten auf einer Bank eingeschlafen war, musste Jurek einen Punkt aus dem Besichtigungsprogramm streichen. Es handelte sich um ein verfallenes Schloss mit turmbewehrten Torhäusern. Im Haupthaus war noch ein Saal mit einer Eichenholzdecke aus geschnitzten Kassetten erhalten. Dazu gab es ein Heckenlabyrinth mit sandsteinernen Gnomen und Fratzen.

Jurek versprach, den Rundgang am folgenden Tag nachzuholen. Doch die Reisenden konnten sich ausrechnen, dass sie dann durch ein gestrafftes Kurzprogramm hetzen müssten, selbst wenn sie nicht die geringste Zeit mit Warten auf den lästigen Teilnehmer vergeuden würden. Nach dem Abendessen, das Lothar Schöne an einem Einzeltisch einnahm, schickten sie eine Delegation zum Reiseleiter mit der Bitte, dem Säumigen am kommenden Tag beim ersten Aufenthalt eine Frist zu setzen und ihn andernfalls zurückzulassen.

Jurek informierte ihn, dass man ein dichtes Programm plane und Verspätungen nicht dulden könne, und Schöne nahm das mit heiterem Gemüt zur Kenntnis. Es waren wohl seine Unschuldsmiene und seine Selbstzufriedenheit, die ihn auch noch die letzten Sympathien kostete. Nie kam er mit dem geziemenden schlechten Gewissen. Auch nach offensichtlichem Fehlverhalten wirkte er weder reumütig noch besserungswillig, geschweige denn brachte er je eine Entschuldigung über die Lippen.

Aus dem Museumsdorf mit Mühle, Weberhaus und Töpferscheibe kam er in letzter Minute, weil er die ganze Zeit essend am Backhaus verbracht hatte. Doch er wahrte die Frist. Von der Kleinbahn mit der Tenderlokomotive machte er so viele Fotos, dass er den Bus erst erreichte, als der gerade aus der Parkbucht bog; die Reisenden hatten schon erleichtert aufgeatmet, doch Schöne schaffte es. In der Juwelierwerkstatt, die Schmuck nach Wikingervorlagen herstellte, feilschte er so lange, dass das Gebrüll des Busfahrers den Staub auf dem Platz aufwirbelte. Schöne hatte den günstigsten Niedrigpreis noch nicht erreicht; so verließ er den Laden, ohne zu kaufen, und der Reiseführer bekam nicht einmal Provision.

Im Bus bemerkte Jurek, dass die Stimmung sich nun gegen ihn selbst wandte. Die gemurmelten Flüche und Beschwerden richteten sich zwar an den lästigen Schöne, doch den hatte ein Leben der Dickfelligkeit unempfindlich gemacht gegen Klagen und Proteste. An der Nordküste, während alle darauf warteten, zum berühmtesten aller Aussichtspunkte zu gelangen, hielt er die Gruppe zum letzten Mal auf. Im Geröll am Fuß des Steilufers, während der Geologe mit einem kleinen Hammer kalküberzogenen Gneis und Porphyrbrocken aufbrach, um die Erdgeschichte zu erklären, fotografierte Schöne die Nistlöcher der Uferschwalben am Hang und den Dschungel aus Vogelkirschen und Sanddorn darüber. Anschließend kam er zu der Gruppe und bat Jurek, die Sache mit den Steinen zu erklären.

»Ich kann mich noch an das Schweigen erinnern«, erzählte Jurek. »Niemand sagte etwas. Aber es kam mir vor, als wollten sie sich alle bücken und die härtesten, kantigsten Brocken auflesen und diesen Mann auf biblische Art bestrafen. Und so ging es auch mir. Ich nahm einen runden Granitschädel, der mit Algen wie mit Haar bewachsen war, und zerschlug ihn mit dem Hammer. ›Das war Granit, Herr Schöne‹, sagte ich. ›Und jetzt kommen Sie, wir müssen weiter.‹ Mir war eingefallen, wie er verschwinden könnte.«

Obwohl es schon dämmerte, als sie auf dem Parkplatz eintrafen, und obgleich die letzten anderen Busse gerade aufbrachen zum Sonnenuntergang am Kap Arkona, waren die Imbissbuden noch geöffnet. Während die Gruppe zum Aussichtspunkt strebte, kündigte Schöne an, er müsse zunächst etwas essen. Jurek erklärte ihm, welchen Weg er in den Wald einschlagen müsse, um die Gruppe zu finden, und folgte den anderen.

Der Weg zu den Kreidefelsen wurde damals gerade erneuert. Einige der Aussichtsterrassen waren gesperrt. Die tragenden Pfeiler hatten sich als morsch erwiesen; sie mussten neu abgestützt werden. Deshalb zog sich ein rot-weiß gestreiftes Klebeband durch den Wald. Es war an den Bäumen befestigt und sollte Wanderer hindern, den Rand der Steilküste an Abbruchkanten zu betreten.

Die schönste Stelle war zugleich die gefährlichste. Am Pfad dorthin, während die Gruppe vorausging zu einer erlaubten Terrasse, löste Jurek das absperrende Band. Es war, als würde er Autoverkehr durch das Verstellen von Umleitungsschildern in eine Sackgasse lenken. Dann eilte er zu der baufälligen Aussichtsterrasse, die abermals durch ein rot-weißes Band gesperrt war, und entfernte auch dieses. Er kam rechtzeitig an die Wegbiegung zurück, um sich im

Gebüsch zu verbergen, bevor Schöne mit gemächlichem Schritt und noch kauend heranschlenderte und gutgläubig in den Weg einbog, den Jurek für ihn vorgesehen hatte; einen anderen ließ das rot-weiße Band auch gar nicht mehr zu. Als er in der Dämmerung der Bäume verschwunden war, stellte Jurek den ursprünglichen Verlauf des Sperrbandes wieder her und eilte der Gruppe nach. Er erreichte sie, als die Ersten gerade den genehmigten Ausblick erreichten.

»Haben Sie den Herrn Schöne gesehen?«, fragte Jurek atemlos. »Ich mache mir Sorgen. Wenn er wieder auf Abwege gerät! Das Steilufer ist gefährlich!«

»Lassen Sie doch den Schöne!«, meinte eine Dame. »Seien wir doch froh, wenn er sich verirrt«, scherzte eine andere. Und dann schrie einer: »Da drüben ist er!«

Nun sahen ihn alle. Lothar Schöne stand ein paar hundert Meter entfernt an der Kante des Steilufers und wollte eben eine betagte Aussichtsplattform betreten.

»Das ist zu gefährlich«, murmelte Jurek.

»Soll er uns doch von dort fotografieren!«, meinte jemand.

»Ja!«, schrien die anderen. »Huhuu, Herr Schöne!«

Sie winkten. Jetzt hatte Schöne sie entdeckt. Er hob den Apparat und spähte durch den Sucher. Jurek hielt den Atem an. Schöne sah sich um. Er hatte noch nicht den optimalen Bildausschnitt. Jetzt erst betrat er die Plattform. Sie hielt. Er ging ans Geländer und rüttelte vorsichtig daran, um die Festigkeit zu erproben. Er lehnte sich dagegen und hielt den Apparat vors Gesicht.

»Huhuu!«, rief die Gruppe.

Er drückte auf den Auslöser.

Und nun endlich, als hätte es nur dieses winzigen Signals bedurft, knickten die Pfeiler ein. Sie barsten, sie krachten

und brachen auseinander, dass die Splitter wie Pfeile durch die Luft jagten. Und wie ein Floß auf einem tosenden Wasserfall schoss die Plattform abwärts. In einer Wolke aus weißem Staub sauste Lothar Schöne die Kreidefelsen von Rügen hinab, an ihrer steilsten Stelle, und zerschellte samt seinem seltsamen Floß ziemlich genau dort, wo er kurz zuvor um eine Erläuterung der Steine gebeten hatte.
Die Gruppe hatte das spektakuläre Schauspiel fassungslos angesehen. Nun erhob sich eine Art Raunen wie bei einer gefährlichen, jedoch letzten Endes gelungenen Zirkusvorstellung. Und der verdiente Beifall wurde wohl lediglich aus altmodischer Pietät unterdrückt.
Der Kreidestaub hing wie milde Wolken in der Luft. Er ließ die Konturen der Felsen sanft erscheinen. Das Meer glitzerte in den Farben der Abenddämmerung. Zwei Segler kreuzten noch vor der Bucht. Ein milder Wind raschelte in den Blättern der Buchen, die den unvergleichlichen Blick einrahmten.
Eine ältere Dame sprach allen Reisenden aus dem Herzen, als sie zugleich froh und wehmütig seufzte: »Caspar David Friedrich!«

Ikarus

Zwischen Krossen und Heiligenbrück führt eine schmale Straße am Bahndamm entlang. Auf der einen Seite wird der Weg von der hohen Mauer einer aufgelassenen Ziegelei begleitet, auf der anderen Seite, hinter einem Stahlzaun, schimmern die Gleise. Tagsüber zu jeder Stunde, abends seltener, peitscht hier der Fahrtwind des Inter-City-Express Birken und Haselsträucher. Die Straße wird kaum benutzt; Ortskundigen dient sie als Abkürzung zu einem Möbelmarkt, der auf den Kahlflächen bei Krossen eröffnet hat.

»Sie müssen nicht glauben, dass es mich immer wieder zum Tatort zurücktreibt«, versichert Gerlind Moshaupt, als wir an einem Aprilabend diese Straße entlanggehen. Tagsüber hat es geregnet; nun duftet die feuchte Luft nach dem Harz der Kiefern. »Ich bin früher hier in der Dämmerung spazieren gegangen, ich werde weiter hier spazieren gehen. Dass Peter an dieser Stelle gestorben ist, schreckt mich nicht. Es ist nur ein grauer Schimmer auf dem Weg, eine zusätzliche Farbe.«

Gerlind Moshaupt ist Malerin. Ihr Auftritt im schwarzen Lackmantel mit dem Make-up einer Femme fatale gehört noch nicht lange zu ihrem Image. Nach Jahren der Erfolglosigkeit ist sie von den meisten Feuilletons erst vor kurzem mit Lorbeer bekränzt worden. Sie verfügt mittlerweile über einen Kreis betuchter Sammler. Und nachdem die Galeristen ihr lange die Aufmerksamkeit verweigerten, werden ihre Werke nun in Zürich und New York zum Kauf empfohlen.

Ihr Ehemann hat diesen Aufstieg nicht mehr miterlebt, und das hält sie für eine Barmherzigkeit des Schicksals, hinter dem sich allerdings ihre eigene Barmherzigkeit verbirgt. Peter Moshaupt war ebenfalls Maler. »Zwei Künstler sollten niemals zusammenleben«, sagt sie heute. »Beide sind Egozentriker. Sie stehen sich gegenseitig im Weg. Sie fügen einander Schaden zu.«

Aus seinem Lebenslauf ist das nicht ersichtlich. Lange vor seinem sonderbaren Tod hatte Moshaupt sich in der Szene etabliert. Sein Erfolg war mäßig, jedoch stetig und zu Lebzeiten größer als ihrer. »Aber er hatte seinen Zenit überschritten«, behauptet sie. »Und er wusste es. Mehr war nicht zu erwarten. Er hatte die vierzig noch nicht erreicht und fühlte sich ausgebrannt. Gegen dieses Gefühl trank er an, doch unter der Schicht fuseligen Frohsinns spürte er, dass ich ihn überflügeln würde. Er erkannte es in meinen Bildern. Er gab sich den Anschein gönnerhaften Großmuts; dahinter aber nagte die Eifersucht. Mein Erfolg hätte sein Leben vollends verdorben. Er musste vorher erlöst werden. Und wirklich ist er gestorben, als es ihm leidlich gut ging.«

Gerlind empfindet sich als Wohltäterin ihres Mannes. Sein Tod indes hat auch ihr genutzt. Nicht finanziell; außer ein paar schwer verkäuflichen Bildern hat er nichts hinterlassen. Wohl aber in künstlerischer Hinsicht. »Ein Künstler erreicht seine Größe erst, wenn er dem Tod ins Auge geblickt hat. Das habe ich nun. Und dieser Blick hat mich verwandelt. Er hat meine Malweise verwandelt. Meine Bilder haben eine existenzielle Tiefe gewonnen. Sie sind unauslotbar geworden. Übrigens hier – dies ist die Stelle.«

An dem Platz, von dem aus der Maler ins Atelier des Himmels überwechselte, hat seine Witwe ein kleines Holzkreuz errichtet, ohne Namen und Datum. Einmal in der Woche bringt sie Blumen her. Spaziergänger könnten meinen, ein Autofahrer sei hier verunglückt, was in dem schmalen Hohlweg zwischen Bahndamm und Ziegelmauer nicht einmal unwahrscheinlich ist. Doch der Mann hat sich auf andere Weise verabschiedet, »als Künstler nämlich«, wie sie stolz sagt, »mit einem letzten Werk«.

Sie hebt die Hand, als wolle sie zu schweigendem Gedenken mahnen. Sie legt den Kopf schräg. Jetzt höre ich es auch: In der Ferne ein dünnes Zischen, das bohrender, dringlicher wird und nun ein Fauchen ist, rasch kommt es näher, es wächst bedrohlich, nun dröhnt es, jetzt zittert der Boden. »Halten Sie Ihre Mütze fest!«, ruft sie. Und schon rauschen die Sträucher, der Bugwind des Zuges fegt über die Straße, eine Böe stößt mich zur Seite. Die Malerin lacht. Schon werde ich nach vorn gerissen, wie angesogen von den Rücklichtern des Zuges, der doch bereits in der Ferne verschwindet, während der Orgelton abschwillt, es bleibt noch das Fauchen, dann nur das Zischen der Luftschleppe, die dünner wird, fadenscheinig, ein schmaler Strich noch, vorbei.

»Nun wissen Sie beinahe alles«, sagt sie, während sie ihre grellen Haarsträhnen ordnet. »Der Zug soll windschnittig sein, aber er schiebt eine Menge Luft vor sich her. Er wirbelt sie an der Seite vorbei, angeblich strudelarm, aber dahinter entsteht ein mächtiger Sog, es ist wohl ein Unterdruck, jedenfalls saugt er die Luft an wie ein gewaltiges Feuer. All das zusammen erreicht hier, so dicht an den Gleisen und mit der Mauer als Widerstand, für Sekunden die Wucht von Orkanen. Und jetzt brauche ich Ihnen nur noch den Möbelmarkt zu zeigen, vor dem damals der Container stand.«

Auf ihren abendlichen Streifzügen entdeckte Gerlind Moshaupt am 21. Juni 2002 einen Container mit Bauschutt und darin eine quadratmetergroße, unbeschädigte Eternitplatte. »Es war wie ein Sonderangebot der Freiheit«, sagt sie heute. »Ich wollte es mir nicht entgehen lassen.« Ihr Mann verwendete solche Platten als Malunterlagen; so erzählte sie ihm bei der Rückkehr davon. Noch am selben Abend zogen die beiden los. »Am Baumarkt musste ich ihn ein wenig aufhalten«, erzählt sie. »Ich kannte ja den Fahrplan. Wir durften nicht zu früh wieder aufbrechen. So habe ich ihn in ein Gespräch über die Architektur des Gebäudes verwickelt. Er ging darauf ein, regte sich sogar über Details auf, ja, er redete sich in Rage und wäre dann fast zu lange dort geblieben; schließlich musste ich zum Aufbruch drängen. Als wir die Platte zusammen aufhoben und über den Kopf hielten – die einzig mögliche Art, sie zu tragen –, war ich meiner Sache ganz sicher.«
Bis zu dem Hohlweg half ihm die Frau. Sie ging hinter ihm und stützte die Platte wie er. Doch sobald sie in der Ferne das Rauschen vernahm, nieste sie mehrmals und laut. »Kannst du die Platte einen Augenblick allein tragen?«, bat sie schniefend. »Ich muss mir die Nase putzen.« Peter gehorchte; sie blieb ein wenig zurück. Nun kam der Sturm. Der Bugwind griff unter die Platte. »Oh, halt bloß fest, Peter!«, rief die Frau. »Festhalten! Festhalten!« Tatsächlich ließ er nicht los. Die Platte wirkte sogleich wie ein Segel. Er wurde hochgerissen. »Festhalten!«, rief die Frau.
Jetzt wirkte der heftige Sog. Moshaupt, an die Platte geklammert, wurde zehn Meter weit durch die Luft geschleudert. Es sah aus, als wollte er dem davonrauschenden Zug nachfliegen. »Festhalten!«, rief sie, was er kaum noch gehört haben wird. Die Platte war der Grabstein seines Aufpralls.

»Merkwürdig«, sagt die Künstlerin. »Ich musste damals an den Fliegenden Robert denken, an die Bildergeschichte aus dem Struwwelpeter. Obwohl alles so schnell ging, war es doch ein romantisches Bild, ein malerisches Ende.« Sie beugte sich über ihren Mann und blickte in die stummen Augen eines toten Vogels.

Erst am Nachmittag des folgenden Tages wurde der Maler gefunden. Seine Frau hatte um die Mittagszeit eine Vermisstenanzeige aufgegeben.

»Dieb von Beute erschlagen«, lautete die unverschämte Überschrift in der Lokalzeitung. Dagegen protestierte die Witwe mit aller Entschiedenheit: Schließlich habe er nur Abfall geholt. Der Bericht wurde am folgenden Tag korrigiert.

Das Gemälde »Der Sturz des Ikarus«, das Gerlind Moshaupt bald darauf schuf, wurde nach New York verkauft und ist seit kurzem im Museum of Modern Art zu bewundern.

Ostern im Schrott

Nicht weit von Dortmund, aber schon außerhalb der Stadtgrenzen, gibt es einen traditionsreichen Schrottplatz. Dort duftet es nach Rost, nach Reifen und Öl und nach den Abgasen der Gabelstapler, die unermüdlich verbeulte Autos auf Stahlträger heben oder wieder herunterholen, wenn ein Liebhaber sie ausweiden möchte.

Vor zehn Jahren, als Klaus Kornwachs hier gelegentlich Einzelteile für seine Oldtimer holte, war von Rohstoffwiedergewinnung und Rücknahmegarantien noch nicht so häufig die Rede. Der Schrotthändler stand auch nicht als Disponent im fleckenlosen Grünkittel hinter dem Tresen und tippte die Anfragen ins System, um dem Kunden dann mitzuteilen: »Wir haben Ihr Lenkrad.« Sondern hungrige Bastler begaben sich mit Werkzeug und Overall selbst auf die Wanderschaft durch die Halden.

Zweimal im Jahr schritt damals Klaus Kornwachs die Hochregale der Motorenlager ab und genoss den Anblick konservierter Maschinen. Wie ein verwöhnter Gourmet schlenderte er durch die Halle der Querlenker und Federbeine, die wie frisches Schlachtfleisch an Haken hingen, und las mit Kennermiene die Schildchen für Type und Teilenummer.

Er kannte die angemessenen Preise für Anlasser, Lichtmaschinen und Zündspulen und konnte Freunden Rat geben, die stets in den ersten Glatteistagen des Jahres nach Stoßstangen und Kotflügeln suchten. Den gänzlich Unbegabten half er sogar bei der Montage.

»All die verbastelten Stunden!«, seufzte er, als ich im vergangenen Herbst mit ihm zu Abend aß. Er hatte meinen Wagen gekauft. »Vorbei und vergessen. Die Schrottplätze sind auch nicht mehr das, was sie waren.«

In jenem Frühjahr vor zehn Jahren waren sie noch so, wie Kornwachs sie brauchte; und damals hat er sein Ziel erreicht.

Die kostenlose Errungenschaft des geräumigen Einfamilienhauses, in dem Kornwachs seither mit seiner Frau und seinen drei Kindern lebt, ist unlösbar mit dem Namen des Kranführers Bodo Thalmann verknüpft.

Thalmanns Aufgabe war es, auf dem Dortmunder Schrottplatz ausgeschlachtete Autos, an denen Verwertbares nicht mehr zu finden war, auf die Halde für den Schredder zu heben.

»Bodo war von einer unglaublich sturen Pünktlichkeit«, sagte Kornwachs kopfschüttelnd. »Er ging jeden Tag Punkt halb zwölf zum Mittagessen, und Punkt halb eins kletterte er wieder in seinen Gitterkorb. Er verspätete sich nie, er kam nie zu früh. Manche nennen das zuverlässig. Ich nenne es unflexibel. Solche Sturheit musste sich eines Tages ganz einfach rächen.«

Doch diese Erklärung ist für den außerordentlichen Dienstag nach Ostern nicht ausreichend. Denn an jenem Tag umging Kornwachs absichtsvoll ein paar selbstverständliche Regeln. Heute wäre das kaum noch möglich, denn bei den Autoverwertern hat man aus dem Drama gelernt.

»Das macht dem Charme der alten Schrottplätze endgültig den Garaus«, erregt er sich. »Heute kommen Sie mit dem Wagen gerade mal bis zwanzig Meter hinters Empfangstor.

Da wird er schon trockengelegt. Kühlwasser raus, Altöl raus, Tank leeren, Bremsflüssigkeit abzapfen, alles in Spezialbehälter und weg. Mit so einem Auto können Sie schon keinen Meter mehr fahren. Dann werden noch die Scheiben rausgebrochen, die Sitze abmontiert, Gummimatten rausgerissen, Plastikkonsolen geknackt. Übrig bleibt nur noch die Karosserie. Und die geht in den Schredder und durch die Metallseparierungsanlage und ab in den Hochofen. Das macht keinen Spaß. Also, für mich ist das seelenlos.«

Im beseelten Frühjahr 1994, am Dienstag nach Ostern, saß Kornwachs mittags um zwanzig nach zwölf auf dem Rücksitz eines viertürigen, sechzehn Jahre alten Ford und dirigierte seinen steuernden Vater an allen Schildern, denen er hätte folgen müssen, vorbei. Auf einem matschigen Platz zwischen hohen Halden von Wracks ließ er ihn halten und stieg aus.

»Ihr wartet hier«, befahl er. »Ich hole schon mal den Meister, damit der den Wert schätzen kann. Mutter, du leerst noch das Handschuhfach. Ach, und ich habe noch eine Überraschung: Weil ich Ostern nicht bei euch sein konnte, habe ich Schokoladeneier für euch versteckt. Ja, hier im Auto. Genau! Seht mal in die Seitentaschen! Guckt mal unter den Sitzen nach! Und unter den Fußmatten! Zehn Stück sind es. Mal sehen, ob ihr die findet!«

Er stieg aus und begab sich zur Eingangsbaracke, um ein Wort mit den Mechanikern zu reden. Sein Vater, behauptete er dort, sei eben dabei, den Wagen in die Garage zum Abmontieren zu steuern, »falls der gute Alte sich nicht wieder verfährt«.

Der Werkstattmeister erlaubte sich ein paar Worte über die Verfallserscheinungen des Alters, die Kornwachs mit traurigem Kopfnicken bestätigte.

»Und ich muss heute noch sagen«, erklärte mir Kornwachs, »meine Eltern waren bereits völlig verkalkt. Meine Güte, warum wollten sie unbedingt allein in diesem viel zu großen Haus leben? Nein, wirklich. Wenn ich etwas nicht leiden kann, dann ist es Sturheit.«

Zur selben Zeit, als Kornwachs mit dem Werkstattmeister plauderte, kletterte der sture Kranführer Bodo Thalmann in windiger Höhe hinter die Gitterfenster seiner Kanzel. Er ließ die Maschine an und sah, dass bereits ein weiteres Auto bereitstand.

Die Eltern Kornwachs hatten erst drei Ostereier gefunden, als von vorn, von hinten und von beiden Seiten die unbegreiflichen Stahlzähne eines vierflügeligen Greifers mit krachendem Biss über sie hereinbrachen.

Erst auf halber Höhe stutzte Thalmann, weil der Wagen, den er da anhob, noch Räder und Reifen hatte. Dann erlitt er einen Schock, von dem er sich, wie Klaus mir versicherte, aus reiner Sturheit bis heute nicht erholt hat.

Der Lübecker Totentanz

Im Moment vor dem Tod soll sich die Zeit ins Unermessliche dehnen. Und die Wahrnehmung, so wird behauptet, wird dabei unendlich scharf. Wenn das stimmt, muss der Pfarrer von St. Marien im Augenblick seines tödlichen Sturzes alles, was vorher wie im Rausch auf ihn eingestürmt war, mit vollkommener Klarheit überblickt haben: die Laserblitze in der gotischen Kuppel, die DJs auf der Orgelempore, die flimmernden Silhouetten der Tanzenden, ihre Lackbodys, die kreisenden Hüften und Schlangenarme, die gepiercten Bauchnabel und versilberten Lippen, die von Liebespaaren eroberte Kanzel und die Plateauschuhe auf den Grabplatten vermoderter Kirchenfürsten.

Er wird die Sprayer gesehen haben, die ihre Tags auf das heilige Weiß der Wände sprühten und mit Glasschneidern in die mittelalterlichen Fenster ritzten, dazu die mit Bier und Red Bull überschäumende Theke des Altars, dahinter die Gepeinigten, die es nicht hinaus bis zum Toilettencontainer schafften, und darüber die befremdliche Figur des Gekreuzigten, der aus seiner ewigen Qual barmherzig und verzeihend herabsah, weil er wusste, was im Moment seines Todes vielleicht auch der Pfarrer erkannte: dass all dies gut war.

Vielleicht. Ich glaube allerdings, der Pfarrer hat nichts mehr erkannt. Er war zu betrunken und zu bepillt. Sein Bewusstsein wird genauso dumpf gewesen sein wie das Krachen, mit dem sein Körper auf der Tanzfläche aufschlug. Tatsache ist, dass Peter Marquard, der Hirte von St. Marien, der Erfinder des Techno Crusade, in jener Nacht von Samstag auf Sonntag kurz vor ein Uhr durch einen Sturz von der Empore starb.

Tatsache ist auch, dass kaum jemand davon Notiz nahm. Denn er fiel gerade in einem jener Sudden Chills, die DJ SuperHype in seinen Satan's Remix eingebaut hatte, also in einem Moment vollkommener Dunkelheit, als nach 140 Beats per minute alle Maschinen stoppten und die Lichter ausgingen, um zehn Sekunden später in noch größerer Wildheit aufzutrumpfen.

Als die Lichtflut wieder aufbrandete, lag Pfarrer Marquard ebenso tot wie die unter ihm vergrabenen Ratsherren auf der Tanzfläche. Niemand kümmerte sich darum, denn keiner der Raver, die er zum Glauben führen wollte, kannte ihn. Außerdem war es nicht ungewöhnlich, dass in der Menge einem Raver die Luft ausging, weil er die Wechselwirkung von Alk und Ecstasy unterschätzt hatte. Die Tänzer wirbelten weiter. Nur eine Frau mit blaugrünen Antennenzöpfen beugte sich über den Mann, die Frau, die er von oben erspäht hatte und um derentwillen er Balance und Leben verloren hatte.

Das war Anja, die in der Kirchengemeinde von St. Marien ihr soziales Jahr absolviert hatte. Im letzten Monat hatte sie dem lächerlichen Werben des Pfarrers nachgegeben, vielleicht, um ihren abtrünnigen Freund zu bestrafen, vielleicht, weil es ihr schmeichelte, dass sie einen frommen Mann zum Sünder machen konnte. Der Pfarrer war ihr in die Nacht der Clubs gefolgt und hatte für sie die Techno Night in der Kirche erfunden und öffentlich dafür gekämpft unter dem Vorwand, junge Menschen fänden auf diese Weise zum Glauben zurück.

Und dann hatte Anja ihn wenige Tage vor der großen Nacht knapp davon in Kenntnis gesetzt, dass ihr Freund zurückgekehrt war. Pfarrer Peter Marquard, der bereit gewesen war, für sie seine Kinder zu verlassen, nahm sich in dunklen schlaflosen Stunden vor, die nun überflüssig gewordene Rave Night zu einem Rausch des Vergessens zu machen und seiner Verrücktheit und seiner Liebe davonzutanzen. Sein Tod hätte also auch ein Freitod sein können.
Doch als Anja, an der Seite seines leblosen Körpers hockend, nach oben zur Empore sah, muss sie geahnt haben, dass man ihn hinuntergestoßen hatte.
Sie sah Adolphsen, den hohlwangigen Kantor der Gemeinde, der durch eine Intrige des Pfarrers im Kampf mit dem Kirchenchor unterlegen war und der jetzt in kaltem Triumph die Arme verschränkte. Sie sah Tom, den Dealer, dem der Pfarrer mit Polizei gedroht hatte. Sie sah Frau Hagemeyer, die massige Vorsitzende des Kirchenvorstandes, die bis zuletzt diese Crusade hatte verhindern wollen und die jetzt ihr beschmutztes Kostüm reinigte, an ihren Händen schnupperte und das Gesicht verzog. Und schließlich sah Anja Alex, ihren Freund, der diabolisch grinsend herunterwinkte und dem verhassten Pfarrer noch einen tabakbraunen Klumpen Schleim nachspie.
Ich frage mich, ob Anja in diesem Augenblick die Wahrheit erkannte. Später wollte sie nichts mehr davon wissen. Vielleicht war ihre Geste auch nur ein Ausdruck hilfloser Verwunderung. Denn während DJ SuperHype seine Regler an die finale Schmerzgrenze hochzog, richtete sie sich auf und zeigte auf die Täterin oder den Täter, denn jeder der vier hätte gemeint sein können. Offensichtlich fühlten alle sich schuldig, denn wie an einer Schnur wichen die vier zurück in den Schatten.

An diese seltsame Bewegung erinnere ich mich, der ich damals leicht angesäuselt in der letzten Reihe der Empore saß. Heute weiß ich, dass man in dieser Stunde die Tat noch leicht hätte nachweisen können. Doch Anja machte keine Anstalten, einen Ordner zu rufen. Vielmehr bat sie einen Tänzer, mit ihr zusammen »meinen Freund« ins Seitenschiff zu tragen. »Da kann er seinen Rausch ausschlafen.«
Auf einer Bank unter der Holzfigur der heiligen Jungfrau wurde Marquard am folgenden Morgen von einem ghanaischen Putzmann gefunden, so bleich und so kalt wie der frisch gewienerte Marmorfußboden.
Für mich war das Ganze unangenehm, weil ich eine harmlose Reportage über die Techno Night hatte schreiben sollen, für eine Zeitung in Hamburg, wo dergleichen Veranstaltungen ebenfalls geplant wurden. In mehreren Städten gab es zu jener Zeit heftige Diskussionen um Raves in Kirchen. Mit dem tragischen Unfall des Pfarrers war der Fall erledigt. Dass es sich um einen Unfall handelte, wurde nicht bezweifelt. Mehrere Zeugen hatten gesehen, wie er schwankend und betrunken auf der Balustrade balancierte. Es gab also keine Tat, keinen Täter. Peter Marquard war durch Dummheit und Leichtsinn von der Empore gestürzt.
Mein Aufenthalt in Lübeck verlängerte sich durch das Ereignis. Ich sollte die Atmosphäre am Tag danach schildern und so genannte Reaktionen sammeln. Auf diese Weise geriet ich auch zu jenem Menschen, der dem Pfarrer den, man kann wohl sagen: entscheidenden Anstoß gegeben hatte.
Manches spricht dafür, dass der Pfarrer sich der Todesgefahr von Anfang an bewusst war. Er hatte die Kirche gegen zehn Uhr abends mit seiner Frau betreten und hatte gemeinsam mit ihr das Eröffnungsprogramm durchlitten: den

feierlichen Einzug von Choralsängern in weißen Talaren, die wie ein schütterer Karnevalsverein wirkten und dünne Hymnen anstimmten. Sie sollten die Verbindung herstellen zwischen Mystik und Techno, was gründlich misslang. Dann den Auftritt eines Berliner Ballett-Ensembles, der sich peinigend in die Länge zog.

Als gegen Mitternacht endlich die DJs die Orgelempore erklommen und die Kids unter dem Lärm ihrer Trillerpfeifen die Tanzfläche stürmten, verabschiedete sich die Frau des Pfarrers mit zugehaltenen Ohren. Er begleitete sie nach draußen, wo sich mittlerweile einige Punks mit räudigen Hunden versammelt hatten. Hier stellte sich ihm plötzlich Anjas Freund in den Weg, Alex, der den Wunsch äußerte, dem Pfarrer das Gehirn aus dem Schädel oder wenigstens das Gebiss aus der Fresse zu schlagen.

Alex wollte eben loslegen, als mit einem scheinheiligen »Hallo!« eine resolute Frau herantrat, mit hanseatischer Dauerwelle und einem Kostüm frisch aus der chemischen Reinigung. Das war Frau Hagemeyer, die Vorsitzende des Kirchenvorstandes. »Nun zeigen Sie mal, was Sie hier veranstalten.«

Alex zog sich zurück, vorerst jedenfalls, und der Pfarrer hatte Grund, seine Gegnerin wie eine erflehte Retterin zu begrüßen. »Bis eben war es eine wunderbar mystische Stimmung«, log er. »Jetzt haben die Raver schon losgelegt.«

Frau Hagemeyer kam näher und stellte bei dieser Gelegenheit fest, dass der Pfarrer einen fatalen Geruch verströmte; so, als hätte er sich tagelang nicht die Zähne geputzt. Während er ihr in der Kirche die Peitschen des Techno und die lüsternen Kostüme als spirituell zu deuten versuchte, fiel ihm auf, dass Alex in Sichtweite folgte. Und ihm wurde klar, dass er Frau Hagemeyer nicht verlassen durfte, wollte er seine wichtigsten Organe behalten. Unter dem Grollen der Drum-'n'-Bass-Orgien bemühte er sich, sie abzulenken von den Betrunkenen, die über die Schranken der Seitenaltäre kotzten, und von den delirierenden Koksschnüfflern.

Doch Frau Hagemeyer sah alles. Sie war es auch, die unterm Emporenaufgang den ehemaligen Konfirmanden Tom entdeckte, der hier unverblümt Ecstasy aus dem Bauchladen verkaufte.

»Wie viel E darf's denn sein?«, fragte er unverschämt freundlich.

»Tom«, sagte der Pfarrer, der ohne seine biedere Begleitung gern zugegriffen hätte. »Spätestens morgen zeige ich dich an.«

Und fortan schlichen zwei Feinde hinter dem Pfarrer her.

»Wenn Sie schon keine Pille schlucken, nehmen Sie wenigstens ein Pfefferminz«, forderte Frau Hagemeyer, als sie, von Alex und Tom verfolgt, die gewundene Treppe zur Empore erklommen. Doch der Gestank, der den Pfarrer umwehte, wurde nicht geringer. Um Luft zu schöpfen, traten sie an die Balustrade.

Es war kurz vor eins. Sie sahen hinab. Genau unter ihnen tanzte Anja. Frau Hagemeyer wusste, was dieses Mädchen dem Pfarrer bedeutete. Sie betrachtete ihn von der Seite und sah ihn zittern.

»Ihr könnt mich kreuzigen!«, rief jetzt DJ SuperHype. »Come and crucify me! Here is – Satan's Remix!«

Die Menge johlte. Mit 140 Beats begann der Härtetest der gotischen Mauern und der letzten überlebenden Nervenzellen in den Innenohren aller taumelnden Raver.

»Jetzt weiß ich, warum Sie so stinken«, sagte Frau Hagemeyer plötzlich. »Sie sind draußen in die Hundekacke der Punker getreten.«

Der Pfarrer hob seine Füße. Sie hatte Recht. Er wollte die Sohlen an der Balustrade abkratzen und schwankte.
»Soll das ein Tanz sein?«, fragte Tom. »Wenn du mehr E geschluckt hättest, Paster, könntest du auf dem Geländer steppen.«
»Das kann ich auch so«, murmelte der Pfarrer hilflos.
Aber auch Alex stand jetzt mit bösem Grinsen neben ihm: »Du sitzt dick in der Scheiße, nicht?«
Der Pfarrer lächelte ängstlich. »Lasst uns zueinander freundlich sein bei diesem friedlichen Fest.«
Doch nun trat aus dem Schatten sein tiefsinnigster Feind: Adolphsen, der neue Kantor. Vor wenigen Monaten erst hatte der Pfarrer ihn selbst engagiert, leider ohne den Chor zu fragen. Der Chor hatte den blassen, vertrockneten Kantor nach wenigen Proben abgelehnt. Und der maßlos friedfertige Pfarrer hatte sich eilig auf die Seite des Chores gestellt. Adolphsen, hatte er erklärt, habe ihn enttäuscht. Er sei nicht modern genug.
»Und«, schrie der Kantor jetzt. »Ist das hier Ihre Musik?!«
Das war das letzte Mal, dass ich, der ich in der letzten Reihe der Empore saß und meine Ohren zugestöpselt hatte, den Pfarrer von St. Marien unter den Lebenden sah.
Denn in diesem Augenblick, das eben gehörte zum Satan's Remix, wurde es auf einen Schlag dunkel. Die zweitausend Raver kreischten auf und zählten im Chor bis zehn.
Als die Musik wieder ansprang und die Laserwaffen ihren Beschuss noch heftiger wieder aufnahmen, war der Pfarrer von der Empore verschwunden.
Das fiel mir nicht einmal auf. Ich war nur über die synchrone Bewegung verwundert, mit der vier Personen von der Balustrade zurücktraten. Aber ich war weit davon entfernt, danach zu forschen, ob eine von ihnen dem frommen Mann

übers Geländer geholfen hatte. Der Kantor hätte es gewesen sein können, Anjas Freund Alex ebenfalls, und natürlich der Dealer Tom.

Es gab auch ein Indiz, aber das habe ich erst rückblickend erkannt, und dann nicht ohne Widerwillen. »Er wollte ja auf die Balustrade, und das ging natürlich nicht ohne meine Hilfe, deshalb habe ich ihn an den Waden gepackt, na ja, und er hatte ja diesen Punkerschmutz unter den Füßen«, erzählte mir Frau Hagemeyer leicht angewidert am nächsten Tag.

Ihr Kostüm musste sie gleich wieder in die chemische Reinigung bringen. »Eigentlich bin ich sparsam«, sagte sie, »aber man muss auch mal was investieren. Und ich glaube, es hat sich gelohnt.«

Tatsächlich sind die Rave Nights nach dieser Premiere gleich wieder abgeschafft worden. Der neue Pfarrer setzt auf die Kraft alter Traditionen. Frau Hagemeyer führt weiterhin den Kirchenvorstand an.

»Solange es Menschen gibt, die mit so viel Kraft und Mut für die Sache des Glaubens eintreten, solange ist unsere Kirche nicht verloren!«, erklärte Bischof Rainer Maria Jepsen, als er Frau Hagemeyer im vergangenen Jahr die Ehrenmedaille für tätiges Christentum überreichte.

Ohne gültigen Fahrausweis

Meine Eltern sind treue Besucher der städtischen Theater. Doch die eigentliche Vorstellung beginnt für sie erst auf der Heimfahrt. Weil sie nicht mit dem Auto oder dem Taxi nach Hause fahren, hören sie in der Bahn die großen Monologe berauschter Helden. Sie erleben, wie jemand mit der Zigarette ein kunstvolles Muster in die Sitze brennt oder ein Nichtraucher den Polstern sein Monogramm mit dem Messer einritzt. Mit etwas Glück sind sie dabei, wenn ein Surfer draußen auf dem Trittbrett mitfährt und sich aufs Dach schwingt oder wenn ein Sprayer während der Fahrt von außen sein Tag aufs Fenster sprüht, während ihn ein Kumpel von innen fotografiert.

Mit einer gewissen Wehmut erinnern sie sich an die Hindernisläufe längst vergangener Sportstunden, wenn sie über rollende Bierdosen und Erbrochenes stiegen und über diejenigen, die beides hinterlassen haben. Sie geben sich den Anschein der Tierliebe, wenn der Kampfhund eines Dealers neben ihnen Platz nimmt und sie beschnuppert, und beobachten nicht ohne Argwohn, wie jemand zusammengetreten wird, weil sie befürchten, sie könnten selbst an der Reihe sein, bevor die Station erreicht ist.

Der Rat der Nahverkehrsgesellschaften, Angreifern in der Bahn nicht zu nahe zu kommen, ist nicht leicht zu befolgen. Auch reicht es nicht immer, das geforderte Geld herauszurücken. Den Gewalttätigen in eine unerwartete Situation zu bringen, wie Psychologen vorschlagen, etwa andere Fahrgäste zur Solidarität aufzurufen, sie zum Singen oder Klatschen zu ermuntern oder im Chor »Lass das« zu rufen, erweist sich als schwer durchführbar. Oft sind abends einfach nicht genug andere Fahrgäste für einen Chor aufzutreiben.

Als meine Eltern am 5. Oktober 2001, einem Freitag, abends gegen elf Uhr von der Frankfurter Innenstadt nach Hause fuhren, duckten sie sich nur noch tiefer in ihre Sitze, als sie im Abteil das Splittern einer Glasscheibe hörten, begleitet vom Geschrei einer hohen Stimme, die sogleich unterging im Heulen des hereinstürmenden Fahrtwindes.

Als sie zwei Minuten später in die Endstation einfuhren, wagten sie nicht aufzustehen. Sie hörten, wie jemand das Abteil verließ, offenbar der letzte Fahrgast außer ihnen. Dann blieb alles still. Sie warteten.

In diesem Augenblick geschah draußen etwas Ungewöhnliches: Ein Mann vom so genannten Begleitservice ging vorüber. Sie erkannten die Uniform mit Erstaunen und Erleichterung, und nun entdeckte der Mann auch sie.

Verwundert, dass noch jemand im Zug saß, öffnete er die Tür: »Hier ist Endstation! Sie müssen aussteigen! Soll ich Ihnen behilflich sein?«

Er reichte meiner Mutter seinen Arm und geleitete sie in übertriebener Kavaliersmanier hinaus. Der Bahnsteig war leer und dunkel. »Weshalb sind Sie in das hinterste Abteil eingestiegen?«, fragte er. »So haben Sie den weitesten Weg zum Ausgang.«

Meine Mutter behauptete, sie hätten den Zug nicht mehr rechtzeitig erreicht, um in der Mitte einzusteigen. Mein Vater sagte die Wahrheit: »Meine Frau meint, bei einem Zusammenstoß sind wir hinten am sichersten!«

Der Zugbegleiter lachte. »Ich bringe Sie zum Taxi.«

Doch mein Vater war bereits ein Stück zurückgegangen, um den Zug zu inspizieren.
»Hier!«, rief er. »Sehen Sie sich das an!«
Die Scheibe im letzten Fenster war vollkommen zerschmettert. Der Begleiter erschrak. »Das muss ich melden«, sagte er. »Haben Sie irgendetwas davon mitgekriegt?«
Was die beiden erzählen konnten, war nicht viel: Sie hatten den Knall gehört, das Klirren, das Geschrei einer Frau. Gesehen hatten sie nichts. Er kritzelte die Aussage auf einen Notizblock.
»Sie glauben nicht«, murmelte er, »was der Vandalismus uns jedes Jahr kostet.« Er gab meinen Eltern eine Karte, auf der in Stahlstich sein Name zu lesen war.
Am übernächsten Tag entdeckten sie eine kleine Meldung in der Zeitung. Demnach war ein achtzehnjähriger Junge aus der Bahn geschleudert worden. Er hatte während der Fahrt an einer Haltestange geschaukelt, war abgerutscht, hatte die Scheibe durchschlagen und war draußen gegen einen Pfeiler geprallt.
Mein Vater wollte eben die Nummer auf der Karte wählen, da rief der Zugbegleiter schon an. Ja, die Sache habe sich leider so traurig aufgeklärt, erzählte er; ihre Aussage werde nun nicht mehr gebraucht. Die Freundin des Jungen sei dabei gewesen und habe ihn zurückzuhalten versucht; sie stehe noch unter Schock. Der Begleiter nannte die Zahl der Jugendlichen, die jedes Jahr durch Leichtsinn in den S- und U-Bahnen umkommen.
Vermutlich stimmte nicht einmal diese Zahl. Alles andere jedenfalls war erfunden. Ich habe den Mann, der meinen Eltern die Lügen auftischte, im Frühling des folgenden Jahres kennen gelernt. Es handelte sich um Thomas Pratt. Er fiel mir am Westbahnhof auf, als er den Rollstuhl einer Grei-

sin aus der Bahn hob. Er sprach so liebenswürdig zu ihr, dass ihr versteinertes Gesicht zu leben begann. Es hellte sich auf und bildete einen leuchtenden Kontrast zu dem nebeligen Grau, das ihn umgab.

Als ich ihn nach seinem Beruf fragte, gab er mir seine Karte. Ich erkannte sie sofort wieder. Unter seinem Namen stand: Diplompsychologe. Tatsächlich war er unter diesem Titel von der Bahn eingestellt worden. Er schulte neues Servicepersonal und stand in gewissem Ansehen, seit er eine Aktion namens »Sprüh dich frei« organisiert hatte.

Dabei stellte die Bahn Mauerflächen für Graffiti-Sprayer zur Verfügung. In Unterständen durften sie mit behördlicher Genehmigung und unter dem Beifall der Presse triste Ziegelwände mit Tags und Pieces schmücken. Es gab umweltfreundliche Spraydosen und für die drei besten Sprayer Freifahrkarten. In den Zeitungen warb Pratt um »Verständnis für die Kids«.

Umnebelt von den Fettwolken einer Imbissbude, erzählte er auch mir zunächst etwas von den seelischen Verletzungen der Jugendlichen, von Entfremdung durch die Beschleunigung gesellschaftlicher Prozesse in rasch wechselnden Bezugsgruppen vor einem Umfeld aggressionsbildender Reizüberflutung oder umgekehrt. Jedes Surfen auf einem S-Bahn-Dach, erklärte er, jedes aufgeschlitzte Polster, jedes Tattoo auf einem Waggon sei ein Schrei nach Zuwendung.

Die Wahrheit ist folgende. Am Abend des 5. Oktober 2001, als er nach einem Tag einfühlsamer Zugbegleitung und tätiger Toleranz heimfahren wollte, entdeckte Thomas Pratt im letzten Wagen des haltenden Zuges einen Sprayer. Er erkannte ihn.

Es war Patrick Bertheau, ein achtzehnjähriger Autoschlosser, der als »Zero Nine« an Waggons und gleisnahen Wänden sein Zeichen gesetzt hatte, unbeeindruckt von subventionierten Sprühaktionen. An diesem Abend gegen elf sprühte Bertheau nicht, entweder, weil seine Dosen leer waren, oder, weil er kein Publikum hatte. Lediglich ein altes Ehepaar saß zusammengekauert in einer Ecke des Abteils. Das waren meine Eltern.

Um nicht erkannt zu werden, streifte Pratt seine Uniformjacke ab und stopfte sie in seine Aktentasche. Mit abgewandtem Gesicht stieg er ein und kauerte sich hinter eine Trennwand.

Bertheau musste eben noch geraucht haben; es stank nach einem halluzinogenen Gemisch. Jetzt schaukelte er an einer Haltestange, als wollte er in der Langeweile wenigstens etwas für seine Fitness tun.

Pratt hörte, wie er sich mit den Springerstiefeln bald am Boden, bald am Fensterrahmen abstieß. Kurz vor der Endstation stand Pratt auf und stellte sich an die Abteiltür in Bertheaus Nähe. Der schenkte ihm nicht die mindeste Beachtung. Wie versunken in einen unvergänglichen Haschischtraum, schaukelte er mit stupider Ausdauer und schlug mit den Stiefeln den Takt.

»Ich brauchte kaum etwas zu tun«, erzählte Pratt. »Ich bin einfach hinter ihn getreten und habe gesagt: Ich gebe dir Schwung!, und habe ihn einmal ganz kräftig angeschoben. Die Sohlen seiner Stiefel waren eisenbeschlagen, deswegen durchschlug er die Scheibe. Ganz mühelos und glatt, aber mit betäubendem Lärm. Wegen der beiden Zeugen habe ich mit Fistelstimme noch etwas gerufen wie: Um Gottes willen, was tust du? Tu es nicht! Patrick! Liebling! Komm zurück!«

Schon hatte der Zug die Endstation erreicht. Pratt stieg aus, zog seine Uniformjacke wieder an und holte die beiden

verschreckten Alten aus dem Abteil. Er war wieder Gentleman und Diplompsychologe.
»Ich glaube, jeder Mensch, der anderen hilft, jeder, der Tag für Tag verständnisvoll, liebenswürdig und sanft ist, muss wenigstens einmal im Jahr vollkommen anders sein. Nach meiner Erfahrung reicht schon ein kurzer Moment konzentrierter Bosheit. Dieser Moment gibt für lange Zeit Kraft, Gutes zu tun.«
Thomas Pratt tut seit bald acht Jahren Gutes für die Bahn und ihre Kunden. Wie viele kurze Momente er in Anspruch genommen hat, weiß ich nicht. Aber ich hege Zweifel, ob all die Kamikaze-Kids, die Sprayer und Surfer, die gegen einen Lichtmast oder ein Signalzeichen prallten oder an einer Stromschiene verbrannten, tatsächlich Opfer ihres Leichtsinns und des Luftsogs wurden.
Auch die Erläuterung, die Pratt mir zum Abschied gab, bleibt ein wenig unbefriedigend, wenngleich ich sie mir zu Herzen genommen habe.
»Die meisten Abgeklatschten«, sagte er, »waren ohne gültigen Fahrausweis unterwegs.«

Die Frau im Watt

Zu den letzten Eindrücken von Luzie Rinser müssen die Geisterstimmen der Brandgänse gezählt haben, die sich im Morgengrauen über der Insel Mandö erhoben. Noch einmal zur Wachheit zurückgekehrt, hat sie wahrscheinlich den unerreichbaren Streifen aus Salzgras und Silberweiden erkannt, während im Rückspiegel der Sonnenaufgang erstrahlte, den sie eigentlich vom Inselufer aus hatte erleben wollen.

Nachdem sie sich unendlich oft wiederholt hatte, was ihre Tochter ihr eingeschärft hatte: Bleib sitzen!, und nach den Stunden des ergebenen Wartens im Tanggeruch des Watts muss sie am Ende das Aroma des Meeres auf ihrer Zunge geschmeckt haben, vermischt mit den Blütenblättern der Strandnelken, die von einem Haken im Auto baumelten und die nun von der Flut zerstreut wurden.

Ganz zuletzt aber wird sie sich, oder jedenfalls ihr Astralkörper, über alle Sandbänke und Muschelfelder und blinkenden Priele erhoben haben. Und zum Abschied, nun schon unsichtbar und auf gleicher Höhe mit dem Möwengeschrei, hat sie bestimmt noch dem Helikopter zugewunken, der mit blitzenden Windmühlenflügeln aus Ribe heranflog, ein letzter Gruß ihrer treuen Tochter Elke.

Einige Stunden zuvor hatte in Vester Vedsted ein jütländischer Pensionär namens Gröndahl den Rat seiner Frau missachtet und war an die Tür gegangen, trotz der späten

Stunde und obgleich auf die wiederholte Frage, wer denn da klopfe, keine Antwort erfolgt war.
Beim Öffnen fuhr der Mann zusammen. Die Unbekannte musste mit letzter Kraft an der Tür gelehnt haben. Jetzt sank sie haltlos zu Boden, eine breite Spur Feuchtigkeit und Sand über das Holz wischend. Dass ihre Kleider durchnässt und schmutzig waren, konnte Gröndahl unmöglich als Tarnung durchschauen. Und als er sie zusammen mit seiner Frau ins Haus schaffte, hielten sie den Schweiß, den sie rochen, für den Dunst der Angst.
Dann lag die Unbekannte auf der Sommercouch in der verglasten Veranda, die Hände unlösbar unter der Wolldecke verkrampft. Die Augen hatte sie blicklos ins Weite gerichtet, mit einem mechanisch sich öffnenden Mund, der keinen anderen Laut hervorbrachte als ein amphibisches Schnappen. Auf Fragen reagierte sie so wenig wie auf den Duft des Kaffees.
Als es von der Feldsteinkirche Mitternacht schlug, wusste Frau Gröndahl, dass es keinen Zweck mehr hatte, den Arzt anzurufen. Mitte Mai war der Ort bereits von Touristen besiedelt, deren nächtliche Wünsche und Klagen er seinem Anrufbeantworter überließ. So schob also Herr Gröndahl sein gebrechliches Fahrrad in die Nacht und fluchte, denn der Arzt wohnte am anderen Ende von Vester Vedsted.
Genau das allerdings wusste die Unbekannte. Sie hatte das Haus der Gröndahls mit Bedacht ausgesucht. Und während sie in einen lähmenden Albtraum gebannt schien, lauschte sie mit wacher Freude dem schwindenden Klappern des Schutzbleches auf dem Pflaster aus Findlingen. Zuversichtlich zählte sie den Schlag der Turmuhr, der das Steigen der Flut verkündete, und horchte auf das mur-

melnde Selbstgespräch der Frau Gröndahl, die sich jetzt unaufgefordert an ihrer Jacke zu schaffen machte.
Frau Gröndahl förderte Bonbonpapier zu Tage, ein Brillenetui, ein Portmonee. Sie entzifferte den Namen auf dem Personalausweis: Elke Rinser, und schnalzte mit der Zunge, als habe sie ihn schon einmal gehört. Dann gab sie tatsächlich einen Laut des Erkennens von sich, als sie aus dem Portmonee ein Foto hervorzog. Es zeigte Elke mit ihrer Mutter, aufgenommen anlässlich ihres Wiedersehens zur Weihnachtszeit.
Doch Frau Gröndahl erinnerte sich an dieses Paar vom Vortag. Und nun erinnerte sich auch Elke an Frau Gröndahl. Frau Gröndahl arbeitete in dem kleinen Museum, das am Ortsrand eingerichtet war, in einem verwunschenen Spitzgiebelhaus hinter windgeschorenen Weißdornhecken. Man ging dorthin aus Langeweile und bei Regen. Es gab wenig zu sehen: gemalte Balkendecken, Bauerntruhen, Kacheln aus Delft und kupfernen Hausrat, in altmodischen Schaukästen ein paar gemuschelte Beile und Flintwerkzeuge, dazu als beklagenswerte Hauptattraktion einen schwärzlichen Baumsarg, säuberlich umstellt von sechs kugeligen Urnen aus irgendeiner Steinzeit.
Weil nicht viele Besucher kamen, brauchte Frau Gröndahl kein gutes Gedächtnis. An dieses Paar erinnerte sie sich besonders deutlich, weil die ältere Frau, also Mutter Luzie, einen deutschen Ausweis gezückt hatte, um den Eintrittspreis zu drücken; mit dem unleugbaren Argument, sie sei gehbehindert.
Elke, auf der Liege in ihrer gut gespielten Erstarrung, vernahm jetzt im Schwall dänischer Vokabeln auf einmal den Namen ihrer Pension. Sie erschrak. Lautlos verfluchte sie ihre Mutter für deren Behinderung und für den Geiz, der

die Aufmerksamkeit der Museumsleiterin auf sie gelenkt hatte, mochte ihr dieser Geiz als Erbin auch zugute kommen.

Frau Gröndahl musste nun lediglich in der Pension anrufen. Die Wirtin war über die Ausflugspläne von Mutter und Tochter informiert. Schon würden Suchtrupps ausschwärmen. Das wäre zu früh. Man würde das Auto entdecken. Doch Frau Gröndahl telefonierte nicht. Noch nicht. Und der Schlag vom Glockenturm, ein Uhr, flößte Elke neue Hoffnung ein. Das Wasser musste jetzt so hoch stehen, dass es durch die hinteren Wagenfenster schwappte.

Immerhin hatte Elke zuletzt, bevor sie Hilfe holen ging, noch die Scheiben im Fond heruntergekurbelt, »damit du in der Zwischenzeit Luft kriegst, Mutter«.

Dann hatte sie sich davongemacht, während das Meer bereits in die Priele drückte. Die Mutter hätte ihr unmöglich folgen können. Ihr Hüftgelenk hätte es in der Not vielleicht zugelassen, aber in der Dunkelheit hätte sie sich verirrt. Außerdem wusste sie nicht einmal den Sicherheitsgurt zu öffnen. »Das brauchst du auch nicht, Mutter, du kannst ganz entspannt Radio hören.«

Inzwischen musste das Radio seine Tätigkeit eingestellt haben. Aber jetzt war von draußen abermals das Klappern des Schutzblechs zu vernehmen, dazu die Stimme eines zweiten Mannes. Frau Gröndahl lief an die Tür. Der Arzt war gekommen, sehr viel früher, als Elke geplant hatte. Nun musste sie sich also zusammennehmen.

Die folgende Stunde, erzählte sie mir zwei Jahre später in Kiel, wo sie am Theater engagiert war, sei die schwierigste Vorstellung ihres Lebens gewesen. »Schon dafür müsste ich eigentlich den Oscar kriegen.«

Der Arzt mochte sich noch so bemühen. Immer die Flut berechnend, sah Elke sich genötigt, die Rückkehr aus ihrem scheinbaren Koma peinigend in die Länge zu ziehen.

»Und ich hätte es nicht geschafft, wenn ich nicht alles präsent gehabt hätte, was ich jemals in meinem Beruf gelernt habe«, berichtete sie, als wir auf einer windigen Terrasse an der Förde saßen. Bis heute verdient sie ihr Geld nicht an einem großen Schauspielhaus, wo eigentlich ihr Platz wäre, sondern in Nebenrollen an kleinen Provinztheatern, notgedrungen auch in Husum und Rendsburg. Ihre größte Rolle ist diejenige der schreckerstarrten Tochter geblieben.

»Dazu habe ich mir alles ins Gedächtnis gerufen, was ich meiner Mutter zu verdanken hatte: den Schrecken, bei den falschen Eltern aufzuwachsen, das vergebliche Forschen nach Ähnlichkeit beim Blick in den Spiegel, die Verzweiflung, ohne benennbare Herkunft zu leben, all den Zorn auf diese Egoistin, die mich im Säuglingsalter verstoßen und zur Adoption ausgesetzt hatte und die auch später nie nach mir gesucht hat, bis ich sie selbst aufgespürt habe – mit Hilfe meiner freiwilligen Eltern.«

An jenem Weihnachtsfest des Wiedersehens war die leibliche Mutter zunächst furchtsam, dann froh gewesen. Auf einmal war sie stolz, eine Tochter zu haben, und fühlte sich herrlich erleichtert, dass diese Tochter nicht böse war, sondern sie sogar in die Arme schloss und weinte.

»Dieses Weinen war bereits Schauspielkunst«, erklärte mir Elke. »Ich hatte mein Drehbuch zu lange mit mir herumgetragen, um es nun noch abzuwandeln. Mein Herz war unberührt, als ich Freude spielte, blieb unberührt, während ich diese Mutter besuchte, während ich mit ihr ausging und während unsere späte Freundschaft begann. Mein Herz machte einen kleinen Luftsprung, als sie mich wieder als Erbin einsetzte. Aber es gewann seine kühle Souveränität zurück, als ich die Mutter zu einem Pfingsturlaub einlud nach Dänemark. Ich wollte an diesen Ort, der mir aus früheren Sommern vertraut war. Ich kannte seine einmaligen Möglichkeiten. Diesen Ort wollte ich ihr zeigen. Na ja, sie hat ihn gesehen.«

Elke redet darüber leichthin und erzählt mit Vergnügen. In jener tragischen Mainacht gelang es dem Arzt von Vester Vedsted nur mit einer alle Geduld übersteigenden Sanftmut, der augenscheinlich traumatisierten Frau die Geschichte der vergangenen Stunden abzuringen.

Zwar schien sie gewillt, ins Leben zurückzukehren. Offenbar lag ihr daran, etwas mitzuteilen, sie wollte Hilfe, doch waren immer nur Bruchstücke zu erfassen. Sie ruderte mit den Armen, sie gestikulierte und wies aufs Meer, zeigte dann wieder landeinwärts. Und als ihr das Foto mit ihrer Mutter gezeigt wurde, nickte sie mit hysterischem Nachdruck, schrie nach Beistand und Rettung und begann zu weinen.

»Es war oscarreif«, lächelt Elke heute.

Damals wurde dem Arzt klar, dass der Mutter etwas zugestoßen sein musste. Er rief bei der Pensionswirtin an. Er glaubte, sie am Telefon erbleichen zu sehen.

Ja, Elke Rinser sei mit ihrer Mutter am Abend zuvor aufgebrochen, noch bei Helligkeit und bei trocken gefallenem Watt, um im eigenen Wagen auf dem berühmten Ebbeweg nach Mandö hinüberzufahren. Die beiden hatten von jener idyllischen Vogelinsel aus den Sonnenaufgang erleben und ihr Wiedersehen feiern wollen.

Das war es. In der grünen Dämmerung des Morgens konnten die Männer der Rettungswacht im Wasser zwar die Besen erkennen, mit denen der alte Ebbeweg markiert ist, jedoch kein Auto. Erst die Besatzung des Hubschraubers, der mit den ersten Sonnenstrahlen von Ribe her aufstieg, entdeckte ein wenig abseits des Weges und nur einen Kilometer von Mandö entfernt das Dach eines roten Autos, über das achtlos die Wellen gingen. An der Antenne wehte ein Büschel Tang.

Elke Rinser brach bei der Nachricht zusammen. »Und diesmal brauchte ich nicht mehr zu spielen«, erzählte sie mir. »Ich habe wirklich geweint wie lange nicht, allerdings aus Erleichterung.«

Die Zeitungen zeigten ihre perfekt gramgebeugte Gestalt, erzählten von der Tragödie nach glücklichem Wiederfinden, von der Tücke des Schlicks und dem verzweifelten Umherirren im nächtlichen Watt, vom stummen Rufen nach Hilfe im Zustand des Schocks. Und sie rieten dazu, den Ebbeweg nur mit allradgetriebenen Offroad-Fahrzeugen zu befahren, mit denen ein versehentliches Abkommen vom Wege schnell korrigierbar sei. Ältere Menschen sollten überdies das Öffnen des Sicherheitsgurtes rechtzeitig erlernen.

Eine Kollekte in der Dorfkirche erbrachte einige tausend Kronen zugunsten der verwaisten jungen Frau. Der deutschsprachige Pfarrer gab sich alle Mühe, sie von nagenden Selbstvorwürfen und Schuldgefühlen zu befreien. Schließlich habe sie alles in ihrer Macht Stehende versucht.

»Und wahrhaftig«, sagte mir Elke Rinser. »Das stimmt!«

Reality TV

In der Nacht zum 26. März 2001 machten sich die beherzten Gegner des Castor-Transportes an den Schranken verschiedener Bahnübergänge zu schaffen. An einem der Übergänge wartete am folgenden Morgen ein Landwirt aus Gartow fast dreißig Minuten lang, ohne dass ein Zug vorüberrollte. Er fluchte so laut, dass die beiden Radfahrer auf der gegenüberliegenden Seite des Bahndamms zusammenzuckten.
Endlich öffnete sich die Schranke. Er fuhr los. Im selben Augenblick kam der Zug. Siebzig Meter weit wurde sein Wagen mitgeschleift, bevor die Lokomotive zum Stehen kam.
Die beiden Radfahrer schilderten den Unfall später so anschaulich, dass sich einer unserer großen Fernsehsender entschloss, die Exklusivrechte zu erwerben, um den Unfall für eine informative Sendung nachzudrehen.
Das Kamerateam von Bernd Rohrmoser und Karl Freytag bekam den Auftrag. Rohrmoser genoss in der Branche einen Ruf als Mann für schwierige Jobs. Mit der Live-Kamera hatte er Frankfurter Drogenfahnder zu Razzien begleitet und Prügeleien zwischen Schwarzer Front und Türkenblock am Prenzlauer Berg inszeniert. Er hatte mit seiner Dokumentation über den »Würger von Beelitz« beachtliche Einschaltquoten erzielt und lieferte regelmäßig Beiträge zum »Verbrechen der Woche«.
Von ihm stammte auch jene Sequenz aus dem Hirnbacher Geiseldrama, die im schrägen Licht eines Herbstnachmit-

tags und mit erstaunlicher Tiefenschärfe zeigt, wie die Gangster nacheinander zwei Bankangestellte erschießen. Das Gerücht, Rohrmoser habe die Gangster an die bestbeleuchtete Position im Raum dirigiert, konnte widerlegt werden. Dennoch wird die Szene bis heute herangezogen, wenn davon die Rede ist, was verantwortlicher Journalismus auf keinen Fall darf; in solchem Rahmen ist sie mehrmals im Jahr zu sehen. Die Firma Rohrmoser und Freytag bekommt die Tantiemen.

Karl Freytag galt als Moralist. Nach dem Ludwigshafener Chemieunglück hatte er die Idee, in seinem Aquarium eine Brühe anzurühren, die ebenso giftig war wie das Rheinwasser, dann eine Äsche hineinzusetzen und ihr langsames Sterben zu filmen; tatsächlich gelang es ihm, etliche Zuschauer aufzurütteln. Ein Jahr später machte er sich mit einem Team auf die Suche nach der Leiche des Lindenthal-Babys und konnte sie als Erster und Einziger filmen; die Hälfte des Honorars spendete er der Gesellschaft gegen den Kindesmissbrauch. Er zahlte Arbeitslosen zehn Euro pro Hitlergruß, um die Gefahren des Rechtsradikalismus aufzuzeigen, und machte Aufnahmen in psychiatrischen Anstalten, um vor dem Genuss von Rindfleisch zu warnen. Er wurde als kritischer Journalist angesehen, während Bernd Rohrmoser der Mann fürs Grobe blieb.

Bei gemeinsamen Dreharbeiten übernahm gewöhnlich Rohrmoser die Kamera, Freytag assistierte. So geschah es auch beim Nachstellen des Zugunglücks im Landkreis Lüchow. Die zuständige Bahndirektion hatte gegen Entgelt ihre Genehmigung erteilt und den Lokführern die Direktive gegeben, unbeeindruckt weiterzufahren, sollten sie trotz geschlossener Schranken zwei Männer auf der Strecke erspähen.

Der Original-Unfall hatte sich in der Dämmerung eines Märzmorgens ereignet. Mittlerweile war es Ende April. Um das Licht des Sonnenaufgangs einzufangen, mussten Rohrmoser und Freytag sich um vier Uhr aus den Folterbetten eines erbärmlichen Landhotels erheben. Mit Jacken in hellroten Signalfarben standen sie eine Stunde später im Schotter zwischen den Gleisen und zogen die Schultern hoch, während der Wind ihnen Krähengeschrei und das Klopapier des Nachtexpresses zutrieb.

Sie hatten einen detaillierten Tagesfahrplan, der auch die Güterzüge auflistete, doch gleich der erste Zug verspätete sich. Rohrmoser erlaubte sich einen Panoramaschwenk. Freytag kontrollierte das Bild auf einem separaten Monitor: ein verrottendes Fabrikgebäude, davor Baufahrzeuge, Kieshaufen, ein Bretterstapel, dann Kiefern, Birken, Wiesen mit Pfützen und Maulwurfshügeln, am Waldrand zwei Reiter, nun die beiden Schienenstränge, auf der anderen Seite schwenkte Rohrmoser vom Wald hinten auf sumpfiges Gelände und wassergefüllte Gräben vorn bis zu einer malerisch umgestürzten Weide mit gen Himmel gewachsenen Ästen und einem Haufen blauer Plastiksäcke, in denen Gleisarbeiter Zweige und Laub gesammelt hatten.

»Das ist ja so was von öde!«, stöhnte Rohrmoser.

Und nun kam der Zug.

»Stehe ich richtig?«, schrie Rohrmoser.

»Perfekt!«, rief Freytag, der auf dem Monitor genau das Bild sehen wollte, das der verunglückte Landwirt als letztes wahrgenommen hatte.

»Ich gehe lieber ein Stück zurück!«, schrie Rohrmoser. »Halt mich fest!«

»Okay!«

Obwohl Rohrmoser nun einen Meter neben dem Gleis

stand, schien die Lokomotive immer noch auf den Betrachter zuzurasen; vom tödlichen Ausgang würde man die Zuschauer mit einem Blackout nebst akustischem Crash überzeugen. Jetzt kam die Kanzel ins Bild, der Lokführer winkte, der Zug donnerte vorbei.

»Das war's«, sagte Rohrmoser aufatmend.

»Schrott war das«, erklärte Freytag.

»Wieso?«

»Wir haben den Lokführer im Bild.«

»Na und?!«

»Er winkt freundlich.«

»Das Arschloch!«

Sie mussten einen Zug aus der Gegenrichtung passieren lassen, bevor sie ihren Posten aufs Neue beziehen konnten.

»Und wenn der nächste wieder winkt?«

»Sofern dieser Fahrplan stimmt, wird der nächste Zug geschoben«, sagte Freytag. »Er hat auch vorn eine Lok, aber die ist unbesetzt. Für unsere Zwecke perfekt.«

»Ich gehe ein Stück näher ran«, sagte Rohrmoser. »Ein halber Meter Abstand reicht. Du hältst mich fest.«

An die Loks von Güterzügen ist häufig eine Leiter montiert. Und den Entschluss, seinen Freund zu verabschieden, habe er erst getroffen, als er diese Leiter sah, erzählte mir Freytag zwei Monate später. Das war im Juni. Er war nach Hamburg gekommen, um ein Barkassenunglück nachzudrehen, bei dem kurz zuvor eine Geburtstagsgesellschaft in den schwarzen Wassern des Hafens verschwunden war.

Am Abend des ersten Drehtages entdeckte ich ihn in der Filmhauskneipe. Es sei nicht so sehr die Aussicht gewesen, die lukrative Firma Rohrmoser und Freytag in Zukunft allein zu verwalten, erzählte Karl Freytag. Vielmehr habe ihn die wunderbare Macht über das Leben begeistert, diese Macht habe er in den Händen gespürt, als er Rohrmoser festhielt.

Er sah den Zug heranbrausen, er entdeckte die Leiter, er erkannte, dass diese Leiter den Kameramann erfassen würde, er musste ihn also zurückreißen und tat das Gegenteil. Er gab Rohrmoser frei und griff sich die herrenlose Kamera.

»Zum ersten Mal habe ich echtes Reality TV gedreht«, sagte er. »Ich habe Bernd in einem schnellen Schwenk erfasst und konnte ihn sogar noch ranzoomen, während er mitgefegt wurde, immer weiter, unaufhaltsam, er klebte an der Leiter und entschwand meiner Kamera, entschwand meinem Blick.«

Tatsächlich wurde Rohrmoser erst entdeckt, als der Zug in den Güterbahnhof Bebra einrollte. Ein Bahnbeamter, der rauchend aus dem Fenster seines Stellwerks lehnte, glaubte zunächst an das Kunststück eines übergeschnappten Artisten. Dann schlug er Alarm.

»Deutschland ist noch nicht so weit, dass ich diese Aufnahmen hier anbieten könnte«, sagte Freytag. »Sie sind fantastisch, die Leute würden sie lieben, die Quote wäre sicher, aber die so genannten Aufsichtsgremien würden mauern. Ich habe den Streifen nach Amerika verkauft. Und vielleicht gehe ich auch selbst bald rüber. Für kreative Leute ist Deutschland nichts. Hier ist alles so eng, so beschränkt, so humorlos, finden Sie nicht?«

Gebet im Gebirg

Nur der Wanderer, sagen die Wanderer, weiß, was ein Schuh ist. Der Kasseler Finanzinspektor Horst Butendiek wusste es an seinem allerletzten Abend, einem Augustabend des vergangenen Jahres. Er wusste zumindest, dass das, was er an den Füßen trug, keine Schuhe waren, sondern Folterinstrumente der philippinischen Inquisition, denn in Manila waren diese Bergstiefel zusammengeflickt worden.
»Du hast Geld sparen wollen«, sagte seine Frau, als sie auf einem Holzstapel vor einer unbewohnten Sennhütte ausruhten, tausend Meter über dem Taldorf und ihrem Hotel.
»Und du hast mir zugeraten«, sagte er. Er hatte die Stiefel und die Strümpfe ausgezogen und kühlte seine Füße in dem eisigen Wasser, das von den Gletschern kam und vor der Hütte durch einen ausgehöhlten Baumstamm lief.
»Immer, wenn es ihm schlecht ging, tat sich mein Herz auf«, erzählte Ruth Butendiek mir etwas später. An jenem Augusttag muss sie ihn besonders geliebt haben. Nicht nur hatte sie durch die Wahl seiner Schuhe dafür gesorgt, dass er litt. Sie hatte ihn überdies auf einen Bergpfad gelockt, von dem es am Abend für ihn keinen anderen Weg abwärts mehr gab als denjenigen, den sie vorgesehen hatte.
Und als er sich auf jenen Weg einließ, weil er ein Sohn der Ebene war und seine Frau eine vertrauenswürdige Tochter der Berge, und als auf der Mitte dieses Weges die Berge zu tanzen begannen mit all ihren Festungen und Domen und

kristallenen Palästen, als die Farben des Abends die grauen Schotterhalden und Abstürze überfluteten und der Himmel kippte und die Straße der Sterne im Talgrund erschien, da muss Ruth ihn mehr geliebt haben als jemals zuvor, denn nie war es Horst Butendiek so schlecht ergangen.

»Aber das kann nur ein kurzer Moment gewesen sein«, behauptete sie. »Am Ende ist er ganz gewiss vollkommen glücklich gewesen. Meine inständigen Gebete und meine bedingungslose Liebe haben ihn umhüllt.«

Ruth hat sich Mühe gegeben, ihm den letzten Tag schön zu gestalten. Am Morgen noch hatte sie ihm die enge Spanschachtel ihres Geburtshäuschens gezeigt, das jetzt ein Heimatmuseum ist, mit Fresken an der Giebelwand und einem Erker und prächtig getäfelten Stuben. Sie hatte ihn in die Kirche geführt, in der sie getauft worden war über einer Gruft von Fürstengebeinen, und war bei den schmiedeeisernen Kreuzen ihrer Familie auf dem winzigen Friedhof gewesen.

Dann, umströmt von duftender, kühler Bergluft, waren sie aufgestiegen. Über Steinbrechteppiche und Gobelins von Enzianen, Primeln und Anemonen führte der Weg. Sie hatten von Stein zu Stein einen stäubenden Bach überquert und waren schließlich über die Fichten und letzten Latschen hinaus in die Zone der Lärchen gelangt. Schließlich wand sich der schmale Pfad nur noch durch Geröll und Gestein. Rinnsale begleiteten ihn ein paar Meter und versickerten in seidig schimmernden Graspolstern, die der Wind kämmte.

Ruth hatte einen Platz oberhalb der lotrechten Felswände im Sinn, zu dem der Aufstieg durch eine Gratscharte führte. Von oben blickte man wie aus einer Königsloge über das weite Amphitheater einer Trümmerlandschaft auf die lodernden Gletscher der Hohen Tauern.

Doch mitten auf dem Serpentinenweg gab Horst auf. Er lehnte sich an einen zyklopischen Felsbrocken und presste die Lippen aufeinander. Es war später Nachmittag. Ruth rechnete ihren Plan durch und sah ihn gefährdet.
»Dann rasten wir erst einmal«, entschied sie.
Mit Blick auf die Schwalbennester der letzten Bergbauernhöfe und die grünen Matten tief unter ihnen verzehrten sie ihre Vesperbrote. Ruth füllte die Wasserflasche an einem glasklaren Sprudelbach und reichte Horst eine heilende Salbe.
Doch als er wieder aufstand, schmerzten seine Füße noch mehr. »Es gibt eine Sennhütte in der Nähe«, erklärte Ruth. Allerdings wusste sie, dass die Hütte um diese Zeit noch nicht bewirtschaftet war. Sie würden vor verschlossenen Türen stehen. Herd und Matratzenlager wären unerreichbar. Ein Telefon gab es nicht. Lediglich die Drähte einer Materialseilbahn führten ins Tal.
Horst jedoch schöpfte Hoffnung. Halt suchend auf blanken Felsen, über staubige Geröllwege rutschend, folgte er seiner Frau abwärts. Abermals erreichten sie die Zone der flechtenbehangenen Lärchen und Kiefern. Dann öffnete sich der Blick auf die Felder und die Waldhänge des Tales. Und obgleich die winzigen Dörfer in entmutigender Ferne lagen, leuchteten sie ihm wie Inseln des Trostes.
Endlich sichtete er auch das grau verwitterte, mit Steinen beschwerte Holzschindeldach der Hütte. Als sie näher kamen, fiel ihm auf, dass kein Rauch aufstieg, kein Wäschestück hing auf der Leine. Jetzt erst wurde ihm bewusst, dass sie auch keine Kuhglocken gehört hatten, nicht einmal Ziegen waren hier auf den Weiden. Überhaupt gab es kein Geräusch von Mensch oder Tier. Sie waren die ganze Zeit in der rauschenden Stille der Höhe gegangen.

Und jetzt wurde es noch stiller. Der Wald lag regungslos. Das Summen der Insekten war verstummt. Nun kam der Abend. Als sie an der Tür der Hütte rüttelten, kroch über den jenseitigen Hang schon das Zwielicht des sinkenden Tages. Sie spähten durch das Fenster auf einen roh gezimmerten Tisch und den kalten Herd. Am Balken über der Tür hingen hoffnungslos vertrocknete Kiefernzweige.

Horst sagte: »Hier ist lange keiner mehr gewesen.«

Ruth hielt es für angebracht, bedauernd zu seufzen. »Offenbar kommen sie in diesem Jahr später herauf.«

Ihm war es für einen Augenblick, als habe er doch etwas gehört. Er hob beschwörend die Hand, als müsse gleich der Senn mit der geschmückten Viehherde den Weg heraufziehen. Dann saß er bedrückt auf dem Holzstoß und kühlte seine Füße.

Über die Bergwiese ruderte schwerfällig ein Kolkrabe. Stumm flog er zu seinem Schlafbaum.

»Und was machen wir jetzt?«, fragte Horst. »Du bist hier aufgewachsen. Lass dir was einfallen.«

Ruth tat so, als müsse sie überlegen. »Zum Übernachten ist es zu kalt«, sagte sie. »Wir würden erfrieren.«

Mit der Dämmerung war die Temperatur rasch gesunken. Dünne Nebelschwaden wehten über die sumpfige Wiese hangaufwärts.

»Aber ich kann nicht mehr gehen«, jammerte Horst.

Ruth legte ihm beruhigend den Arm um die Schultern: »Dann hole ich Hilfe.«

Er sah sie ungläubig an. »Wie willst du das tun?«

»Zieh deine Schuhe an, und komm mit.«

An dem Holzverschlag, aus dem heraus die Drahtseile ins Tal führten, stemmte er die Hände in die Seiten. »Das ist unmöglich!«

»Es ist verboten«, erwiderte sie. »Aber möglich ist es. Wir haben es als Kinder gemacht. Für eine Person reicht der Kasten allemal. Sieh dir das Schild an: Die Belastbarkeit reicht bis zweihundert Kilo, und das ist noch untertrieben. Hier ist der Hebel, den du bedienen musst, sobald ich drin liege. Wenn es klingelt, bin ich unten angekommen.«
»Es ist eine reine Materialseilbahn«, beschwor er sie. »Du kannst meinetwegen machen, was du willst. Aber wenn du glaubst, ich komme dir nach, dann hast du dich getäuscht. Da erfriere ich lieber.«
»Horst, ich habe gesagt: Ich hole Hilfe. Und die wird spätestens morgen früh hier sein. Nur, falls du es dir überlegst und doch fahren willst, dann gib mir ein Klingelzeichen. Dann schicke ich den Kasten wieder hoch.«
»Das werde ich auf keinen Fall tun.«
»Sagen wir so: Wenn ich unten bin, gebe ich dir zehn Minuten Zeit zum Überlegen. Zehn Minuten lang warte ich auf dein Zeichen.«
»Das kannst du dir sparen.«
»Nun sieh mir doch erst mal zu.«
Ruth stieg in die hölzerne Kiste und legte sich auf den Rücken. Sie musste die Beine anwinkeln. »Es ist fantastisch«, behauptete sie. »Du fährst ganz gemütlich und siehst in den Himmel. Los!«
Horst legte den Hebel um. Mit einem überraschenden Ruck und Furcht erregendem Schwanken setzte sich die Bahn in Bewegung.
»Das mache ich auf keinen Fall!«, rief er.
Doch schon beruhigte sich die Fahrt. Mit leisem Summen und in vollkommen gleichmäßiger Lage glitt der Kasten der Talstation zu. Eine Viertelstunde später schon kam das Klingelzeichen. Hilflos schlug Horst mit der Faust gegen die

Bretterwand. Jetzt wartete sie also. Im Dämmern sah er den Umriss der Talstation. Er meinte sogar, seine Frau zu erkennen. Sie winkte. Nicht weit entfernt lag ein Bauernhof. Die Fenster im Wohnhaus leuchteten.

»Als die zehn Minuten verstrichen waren, habe ich zu beten angefangen«, erzählte mir Ruth Butendiek. »Ich habe inständig gebetet um Erlösung für ihn. Ich wusste, an welcher Krankheit er litt. Ihm selbst war es verschwiegen worden.«

Inzwischen hatte die hereinbrechende Nacht den östlichen Himmel tiefblau gefärbt. Westwärts war er noch rot, und hinter den Silhouetten der Fichten glühten die östlichen Schneefelder im Gegenlicht violett.

»Als ich das Klingelzeichen hörte, habe ich mich bekreuzigt. Und dann bin nicht länger leise geblieben. Ich habe laut gebetet, als ich den Kasten aufwärts schickte, und noch lauter, als das Klingelzeichen aufs Neue ertönte und als ich an der Spannung des Seiles erkannte, dass Horst tatsächlich eingestiegen war. Ich habe gefleht, weil mich der Mut verlassen hatte, und da hat der Herr mir Hilfe geschickt.«

Der Bauer des benachbarten Gehöftes, der von seinem Feld kam, hörte das ekstatische Gestammel im Bretterverschlag.

»Was machen Sie hier?«, herrschte er die Frau an, die wie eine spirituell heimgesuchte Nonne am Boden kniete.

Dann merkte er, dass die Bahn in Bewegung war.

»Was haben Sie getan?«, rief er.

Und weil sie unansprechbar fortfuhr mit ihren unverständlichen Litaneien, brüllte er: »Was erlauben Sie sich?«

Wütend und mit fester Pranke stellte er den Hebel in die Ruhestellung zurück. Das eiserne Rad stockte krachend. Ein mächtiger Ruck ging durch das Seil.

Bereits dieser Ruck, der das Seil ins Schwanken brachte,

könnte Horsts Schicksal besiegelt haben. Doch Ruth sprang auf und, nun noch lauter den Beistand des Höchsten erflehend, bemächtigte sich des Hebels aufs Neue.
Volle Fahrt! Abermals gab es ein Krachen und einen Furcht erregenden Ruck. Oben, im Dunkel nur zu ahnen, setzte sich der Kasten erneut in Bewegung.
Der Bauer fühlte sich von einer Irren herausgefordert. Er setzte nun seine ganze geistige Gesundheit und körperliche Kraft gegen die Handgreiflichkeit der Gestörten. Beherzt wuchtete er den Hebel zurück. »Halt!« Doch dergleichen widerstrebende Signale verzeiht eine offene Seilbahn nicht. Spätestens dieser letzte Ruck hätte auch den größten Balancekünstler aus dem Kasten gekippt.
Ruth schrie auf, wild im Schmerz, der nun schon zu einem Teil echt war. Jetzt, da es zu spät war, fand sie ihre Sprache wieder: »Mein Mann!«, rief sie. »Dort droben! Mein lieber Mann!«
Sie zeigte hinauf, wo, auf halber Höhe und nicht mehr zu erkennen, der offene Kasten schwankte.
Nun begriff der Bauer. Mit panischer Vorsicht und zitternden Händen tastete er sich zum letzten Mal an den Hebel und bewegte ihn behutsamer, als es jemals geschehen war. Das große handgeschmiedete Rad setzte sich feierlich in Bewegung.
Der Bauer war bleich und stumm geworden. Ruth fieberte. Dann schwebte der Kasten leise schwankend und vollkommen leer in den Verschlag.
»Und wo ist er?!«, schrie Ruth. »Wo ist mein lieber Mann! Wo? Wie konnte Gott das zulassen? Habe ich nicht gebetet? Habe ich nicht gefleht? Was haben Sie getan?!«
Doch am folgenden Morgen schlief der wanderfaule Flachländer Horst Butendiek so sanft zwischen den Trollblumen

im Talgrund, so milde war sein zerbrochenes Antlitz beschienen, und so unbeschwert sprudelte neben ihm ein Bächlein dahin, dass kein Zweifel bestehen konnte: Er war ins Paradies gelangt.

Und so hat Ruth auch Gnade walten lassen und dem Bauern verziehen. Zu anständigen Rabatten liefert er Obst und Gemüse in die reinliche Pension, die sie mittlerweile betreibt und in der ich in diesem Jahr zwei unvergleichlich friedvolle Wochen erleben durfte.

Operation misslungen

Obgleich Nikolas Brockschmidt am 30. Juli 2002 eine Stunde lang am Strand vor dem Roten Kliff auf und ab ging, fiel niemandem die prächtige Füllung seiner Badehose auf. Der ganze Mann fiel nicht auf.

Unbezweifelbar lag das am Wetter. In den Strandkörben und auf den Badelaken, auf den Alumatten zur gefahrlosen Schnellbräunung klebten die Urlauber wie leblose weiße Maden. In den Tagen des unausgesetzten Hochdrucks war keine Bewegung mehr möglich. Die Möwen hatten sich auf die Marschwiesen zurückgezogen. Über Westerland stülpte sich eine Glocke aus luzidem Blei. Das Wasser war trübe geworden, hauchte einen fahlen Fischgeruch aus und drückte schwarzen Tang und Quallen ans Ufer, die wie riesige Augen in den Himmel glotzten. Das Einzige, was sich bewegte, war ein ferngesteuertes Segelflugzeug, das ein dreizehnjähriger Junge vom Rand des Kliffs unablässig über den apathischen Badegästen kreisen ließ.

Den Abend verbrachte Nikolas in einer veredelten Scheune beim Studium der Cocktailkarte. In der Nacht versuchte er abermals, das unzuverlässigste aller Organe zum Leben zu erwecken.

Am folgenden Tag drehte der Wind. Am Morgen schon roch die Luft frisch und salzig. Vor den Reetdachhäusern knatterten die Wimpel. Staubfeiner Sand jagte über die Dünen, der Strandhafer rauschte. Und am Rand des Kliffs blieb Nikolas verwundert stehen, weil sich aus dem Meer auf einmal gewaltige Brecher aufwarfen, die als schäumende weiße Wände dem Gestade zu stürmten. Er beneidete die Surfer um ihre selbstverständliche Kraft, wenn sie samt ihren Brettern im Sog verschwanden, um im nächsten Augenblick, von ihrem Stolz emporgetragen, pfeilschnell über den Kamm der nächsten Welle zu reiten. Gischt sprühte über den Strand, die Brise prickelte auf der Haut, und der Fernlenker des Segelflugzeuges hatte alle Mühe, den Kurs seines stählernen Gefährtes zu halten, und konnte keine Rücksicht mehr auf erschrockene Sturmvögel nehmen.

Nikolas setzte sich in einen Strandkorb, den er nicht gemietet hatte. Wenn ein Kontrolleur käme, würde er sich erstaunt und unwissend die Regeln erklären lassen und gegebenenfalls fortgehen. Als er eben sein Buch über die wunderbaren Wirkungen fernöstlicher Praktiken aufschlagen wollte, sah er einen Mann in Badeshorts vorübergehen, den er genau fixieren musste, um jede Täuschung auszuschließen, denn er kannte ihn nur im weißen Kittel. Es handelte sich eindeutig um seinen Chirurgen. Der Mann erschien in Begleitung einer Frau, die seine Tochter war oder seine Sekretärin oder seine OP-Schwester, nur ganz bestimmt nicht seine Frau.

Nikolas spürte beim Erscheinen dieses Mannes einen unvergänglichen Schmerz. Wenn der Herr Doktor ihn in diesem Augenblick bemerkt hätte, wenn er zu ihm gekommen wäre, um nach seinem Befinden zu fragen, wenn er Worte der Zuversicht gefunden hätte, dann vielleicht hätte Nikolas ihm verzeihen können.

Doch der Doktor ging vorüber, weil ihm jeder Patient spätestens nach dem Vernähen der Wunde und allerspätestens nach Eingang der Zahlung vollkommen gleichgültig war. Er ging vorüber, weil er die Angst seiner Patienten nicht begreifen konnte und weil ihm seine abgeschmackten Liebschaften wichtiger waren als die Liebesfähigkeit eines tief fühlenden Menschen wie Nikolas.

Der Doktor Peter Paschen war kein Knochenchirurg, wenngleich er sich gelegentlich scherzhaft anbot, er sei auf besonderen Wunsch auch bereit, einen Knochen zu implantieren. Er hatte nichts mit den Angelegenheiten des Herzens und seiner Kranzgefäße oder anderen inneren Organen zu tun. Er sorgte vielmehr im Brachland der Lenden für augenfällige Größe und für den Anschein von Kraft.

Es war noch nicht zwei Monate her, dass er bei Nikolas zweimal das Maßband angelegt hatte. Zwischen den beiden Messungen waren kaum sechzig Minuten verstrichen, in denen der Doktor Paschen für eine fünfstellige Summe die Sehne, die den Penis am Becken hielt, durchtrennt hatte. Er hatte den schrumpeligen Wurm um die möglichen vier Zentimeter vorgerückt, hatte die Sehnen aufs Neue befestigt und einem schlecht bezahlten Assistenten das Schließen der Naht überlassen.

Ich kann nicht leugnen, dass dieses Verfahren mich aus persönlichen Gründen brennend interessierte, als ich Nikolas Brockschmidt in der Cocktailbar traf. Nikolas berichtete von peinigenden Saunagängen und der Furcht, in Badehose verlacht zu werden, von der bis zum achtundzwanzigsten Lebensjahr genährten Hoffnung, er sei ein Spätentwickler, und von einer anschließenden dreijährigen Psychotherapie, an deren Ende er feststellte: Jetzt kann ich wohl damit umgehen, aber er ist immer noch nicht länger.

Da hatte man ihm von dem Doktor Paschen erzählt. Die Krankenkasse hatte bei der diskretesten Andeutung sofort ihren Beistand verweigert, und Nikolas musste Erspartes hergeben. Seither war er, wie er behauptete, mit der Länge überaus zufrieden, nur nicht mit dem Aufrichtungswinkel, genau genommen überhaupt nicht mit der Aufrichtung. Es war, als sei diese ohnehin rätselhafte Funktion vollständig erloschen. Doktor Paschen hatte ihm beim Abschlussgespräch eilig versichert, das komme schon noch. Doch seither waren zwei Monate fruchtloser Bemühungen ins Land gegangen.

An jenem 31. Juli der alles erneuernden Westwinde allerdings hatte Nikolas nicht nur beobachtet, wie der Chirurg sich mit seiner Operationsschwester in einem benachbarten Strandkorb niederließ. Er wurde auch Zeuge, wie einer der braun gebrannten und unfassbar durchtrainierten Rettungsschwimmer von seinem Hochstand herabkletterte, unverständliche Worte zum Kliffrand schrie und dann die Treppe hinaufeilte. Oben ging er mit empörten Gesten auf den Jungen zu, dessen Segelflugzeug in der Tat einige fragwürdige Manöver vollführt hatte. Wenig später ließ der eingeschüchterte Junge sein Flugzeug im Dünensand landen und packte es ein.

Genau in diesem Augenblick durchfuhr Nikolas Brockschmidt der Blitz der Erleuchtung. Er wickelte sein Buch ins Handtuch, achtete darauf, dass der Chirurg ihn nicht erkannte, und erreichte den Jungen noch auf dem Weg, der nach Kampen führt. Er bewunderte das Flugzeug, verdammte die Wichtigtuerei des Rettungsschwimmers und ermutigte den Jungen, am folgenden Tag wiederzukommen. Nikolas selbst begab sich nach Westerland und durchstreifte die Ladenpassagen. Er sah Schaufenster voller knopfäugiger Seehunde, perlenbestickte Badeanzüge und Einkaufsbeutel aus dem Leder selten gewordener Echsen. In einem luxuriösen Spielzeugladen wurde er fündig.

Am Donnerstag, dem 1. August, nahm er um zehn Uhr seinen Platz im unbezahlten Strandkorb ein. Es war ruhigeres Wetter. Die Wellen rollten in langer Dünung auf die Holme zu. Ein leichter Dunst lag über dem Wasser und ließ den Horizont näher rücken.
Eine Stunde später stapfte Doktor Paschen mit seiner Helferin durch den knöcheltiefen Sand. Der Maserati oben auf dem Parkplatz musste diesen blasierten Gestalten gehören. Nikolas wandte seinen Blick zum Kliffrand. Der Junge war noch nicht zu sehen. Unter dem Sonnendach des Hochstandes saß ein anderer Rettungsschwimmer; das war günstig. Vorausgesetzt, der Junge käme.
Um die Mittagszeit wurde Nikolas unruhig. Mit dem Ausdruck handverlesener Langeweile erhob sich die Assistentin des Doktors und begab sich mit Straußenschritten ans Wasser. Der Doktor selbst war nach den Erschöpfungen der Nacht und des Frühstücks in einen behäbigen Schlummer gesunken. Nikolas wandte sich flehend zum Kliff.
Ja, da stand der Junge! Eben steckte er die Tragflächen auf. Nikolas bohrte die Füße in den Sand. Die blasierte Assistentin hatte sich bis zu den Knien ins Wasser gewagt und tauchte nun mutig die Hände hinein. Der Schwimmer auf seinem Hochsitz starrte auf den Horizont.
Schon beschrieb das Segelflugzeug einen ersten engen Kreis. Mutiger allerdings sollte der Junge schon werden. Das Flugzeug müsste wenigstens dreihundert Meter vom Sender entfernt sein. Nikolas blickte den Strand entlang, um die Distanz abzuschätzen. Ein paar Muschelsucher platschten mit hochgekrempelten Leinenhosen durch die Wellenausläufer am Ufersaum.
Etwas weiter weg, nur leider nicht weit genug, entdeckte er eine erschreckende Erscheinung: einen Mann, der von

Strandkorb zu Strandkorb ging und jeden Urlauber etwas fragte. Wenn Nikolas sich nicht täuschte, trug der Lump einen Sichtausweis am Hemd. Die meisten Badegäste kramten einen Zettel hervor und zeigten ihn untertänig. Einige erhoben sich wie ertappt von den Sitzen. Kein Zweifel, dort näherte sich ein Kontrolleur.
Nikolas schickte Gebete und Befehle zu dem Jungen am Kliffrand. Jetzt blieb nicht viel Zeit. Er konnte ja nicht gut aufstehen und sich für jedermann sichtbar im Sand aufbauen. Für sein hinterlistiges Vorhaben brauchte er unbedingt die Deckung des Strandkorbs.
Das Segelflugzeug beschrieb bereits größere Kreise, doch es war noch nicht nahe genug. Ein Blick zum Doktor: Der war noch tiefer in die Kissen gesunken und schnarchte in unverdienter Selbstzufriedenheit. Die Assistentin schwamm erhobenen Kopfes schon jenseits der Brandung. Nun drehte sie sich auf den Rücken. Der Lebensretter hatte sein Fernglas genommen und glotzte auf ihre Bugwellen. Der Kontrolleur war nicht zu sehen; womöglich machte er Mittagspause.
Aber jetzt! Jetzt glitt das herrliche weiße Flugzeug in zwanzig Metern Höhe über den Strand. Und nun war es über ihm. Schon flog es in einem weiten Bogen aufs Meer. Nikolas holte seine am Vortag erworbene Fernsteuerung aus der Tasche und steckte den Quartz auf.
»Ich habe mal ein Boot besessen und auf dem Baggersee fahren lassen«, erzählte er mir bei einer Caipirinha. »Das war einfacher. Beim Flugzeug ist die Steuerung schwierig; das hatte ich mir nicht überlegt. Wenn es wegfliegt, geht alles gut. Dann ist links links und rechts rechts. Aber wenn es auf einen zufliegt, ist es natürlich umgekehrt. Man muss nach rechts steuern, wenn man es links haben will, und nach links, wenn es nach rechts fliegen soll. Wirklich

schwierig aber sind die Kurven. Da muss man sekundenschnell umdenken, und das gelang mir nicht gleich.«

So blieb ihm auch weder Muße, den Strand zu beobachten, noch den Jungen auf dem Kliff oben, der nun in wilder Panik die Steuerung betätigte und doch immer nur feststellen konnte, dass ihm sein Segler nicht mehr gehorchte. Er gab ihn schon verloren, so weit hinaus aufs Meer war er geflogen, da beschrieb er eine wacklige Kurve und kehrte zurück. Er flog auf den Strand zu.

»Ich musste noch ein paar Manöver probieren, dann hatte ich ihn sicher im Griff«, erzählte Nikolas, der im Schutz seines Strandkorbes die unumschränkte Lufthoheit gewonnen hatte.

Mit einem Tempo von etwa sechzig Stundenkilometern, unterstützt vom Wind und vollkommen lautlos, sauste das fünf Kilogramm schwere, aerodynamisch zugespitzte Geschoss unausweichlich auf sein Ziel zu, auf den Strandkorb des Doktor Peter Paschen, auf den Doktor selbst.

Als das Schwirren des Luftwiderstandes schon beinahe vernehmbar war, tauchte der Kontrolleur am Strandkorb auf. Er wollte eben den Doktor wecken, da hörte er etwas, das vielleicht das Flügelrauschen einer ungewöhnlichen Möwe sein mochte. Er wandte sich erstaunt um.

Nicht so sehr von dem Aufschrei als vielmehr von dem fremden Körper, der leblos auf seinen Bauch stürzte, erwachte der Doktor aus einem Traum wonniger Fernen. Er hielt eine Leiche im Arm. Und obgleich er in den Jahren seiner rastlosen Tätigkeit manches gesehen hatte, fiel er, wohl auch der Sonne wegen, gleich wieder in die Schwärze der Bewusstlosigkeit.

»Da ist er übrigens«, sagte Nikolas und stieß mich an, als wir am Sonntagabend in der Cocktailbar saßen. Ich sah einen aufgeschwemmten Herrn mit grauer Haut und dem Kopf eines satten Buddhas. Er mochte um die fünfzig sein. Begleitet wurde er von einer im eigenen Labor erschaffenen Schönheit. »Das ist Doktor Paschen.«

Weil wir so unverhohlen die Köpfe nach ihm drehten, bemerkte der Doktor nun auch uns. Er schien einen Augenblick zu zögern, dann hatte er Nikolas erkannt. Er ging auf ihn zu.

»Na«, rief er fröhlich. »Wir kennen uns doch!«

Nikolas nickte nur.

»Und?«, rief der Doktor. »Zufrieden?«

Nikolas wiegte den Kopf. »Ehrlich gesagt, Herr Doktor, nicht hundertprozentig.«

»Ach, wer ist das schon!«, lachte der Doktor. »Wenn ich Sie operiert habe, seien Sie froh, dass Sie noch leben!«

Und verschwand in einem der schummrigen Séparées.

Nachteile von Westprodukten

Im Osten von Leipzig, über die Stadtteile Grünau und Lindenau, erstrecken sich endlos die Kleingartenkolonien. Auf demselben Gelände, auf dem vor hundert Jahren der Schreberverein »Fortschritt« gegründet wurde und wo jetzt ein Museum der Schreberbewegung eröffnet hat, besitzt auch Max Dudenhöfer sein bescheidenes Landgut. Auf fünfhundert Quadratmetern ist er Herr über Stauden und Johannisbeersträucher, sechs Beete für Gemüse und Erdbeeren, einen mit Ziegeln umfriedeten Rasen, einen Springbrunnen aus Hartplastik und einen mit Geranien bepflanzten LKW-Reifen aus russischen Beständen.

Am auffälligsten jedoch ist sein Gartenhaus. Die Behausungen in den Nachbargärten wirken wie windschiefe Schuppen, die bereits als Schadensfall angelegt wurden. Fast alle sind von den Laubengärtnern selbst zusammengezimmert worden, aus beiseite geschafftem Bauholz und Wellblechstücken, löcheriger Teerpappe und Eternitplatten von zweifelhafter Stabilität. Die Fensterscheiben haben Sprünge oder sind zerbrochen, die Türen schließen nicht richtig. Im Vorbeigehen meint man, die muffige Ausdünstung zu riechen, die drinnen den ewig feuchten Gartenkleidern und schimmeligen Gardinen entweicht.

Das Haus des Bauingenieurs dagegen scheint den Glanz des Wohlstandes und der Frische auszustrahlen. Es ist aus dem makellosen Holz hundertjähriger Douglasien errichtet, schädlingsabweisend versiegelt, verfügt über eine patentierte Eckfräsung und fugendichte Fenster. Unmittelbar nach der Währungsunion hat er es aus dem Westen liefern lassen.

Für den Spaziergänger leuchtet es unantastbar und erhaben aus einem Umfeld von Gerümpel. Für die Bewohner der Laubenkolonie trägt es den untilgbaren Makel des Unglücks. Der Nachbar zur Linken wittert bei Ostwind immer noch Leichengestank. Der allerdings kann nur von einer Maus in seinem eigenen Geräteschuppen stammen. Denn die sterbliche Hülle des Gemeindehelfers Heinz Bloch wurde bereits wenige Stunden nach seinem Ableben aus Dudenhöfers Gartenhaus entfernt. Und das ist nun schon mehr als zehn Jahre her.

Dass sein bester Freund in diesem Haus ums Leben kam, und auf nicht ganz natürliche Weise, hat Dudenhöfer mittlerweile verwunden. Anfangs hatte es in der Kolonie geheißen, er werde den Garten abgeben, das neue Haus stände erheblich reduziert zum Verkauf. Im Vereinslokal trugen sich Interessenten bereits in eine ausgehängte Liste ein. Doch nachdem das Haus drei Monate lang verwaist und verschlossen gewesen war, nachdem er das Auslichten der Sträucher und den Staudenschnitt und das Setzen der Dahlienknollen versäumt hatte, kehrte Max Dudenhöfer in den ersten Tagen des Juni zurück, öffnete die Fenster, deckte den wetterfesten Tisch für die Witwe und die Kinder des Verblichenen und verbrachte mit ihnen einen warmen Abend des Gedenkens.

»Manche mögen nicht in einem Haus wohnen, in dem ein Toter gelegen hat«, erzählte er den Nachbarn. »Für mich ist es umgekehrt. Hier bin ich meinem Freund am nächsten. Hier ist er für mich immer noch lebendig.«

Dergleichen unverfrorene Lügen haben Dudenhöfer in der Kolonie den Ruf eines nachdenklichen Mannes eingetragen, den das Hinscheiden des Freundes menschlich hat reifen lassen. Das Gegenteil ist der Fall. Dudenhöfer hat Heinz Bloch entschlafen lassen, gerade, um nicht nachdenken zu müssen.

Am 17. Februar 1991 hatte Bloch den Freund in seine Pläne eingeweiht. Er wollte Akteneinsicht beantragen. Er wollte nach Berlin fahren und herausfinden, weshalb er nach dem Abitur nicht zum Studium zugelassen worden war und warum er sogar für harmlose Reisen nach Ungarn nie eine Genehmigung erhalten hatte.

Dudenhöfer erteilte ihm einen beherzigenswerten Rat: »Erzähle niemandem von deinem Vorhaben, Heinz. Die alten Spitzel sind immer noch mächtig, und du weißt nicht, was sie mit dir anstellen werden.«

Das war eine dringend angebrachte Warnung, nur wäre es für Leib und Leben des Heinz Bloch günstiger gewesen, jemand anders hätte sie ihm erteilt, und zwar möglichst vor einem Treffen mit Dudenhöfer.

Denn in den Akten, die er studieren wollte, hätte er auf zahllosen Blättern, die bis in die sechziger Jahre zurückreichen, immer wieder nur denselben Decknamen gefunden, den Decknamen Kleingärtner, und gleich nach der Lektüre des ersten Abschnittes auf dem ersten Blatt hätte er gewusst, wen er hinter diesem Namen zu vermuten hätte.

Doch es war Dudenhöfer selbst, der guten Rat heuchelte und der Bloch ein paar Tage später einlud, mit ihm die ersten demokratisch gewachsenen Krokusse zu feiern. Bloch sagte begeistert zu. Dudenhöfer war nicht von Anfang an ein glühender Verfechter der Freiheit gewesen, bei der Schulentlassung waren sie darüber sogar aneinander geraten.

Doch dann hatte ihn die Entwicklung offensichtlich bekehrt, und in den letzten Jahren waren sie zusammen bei jeder Gemeindeversammlung gewesen, hatten im Spätsommer '89 keine Demonstration ausgelassen und waren sich im November schließlich um den Hals gefallen.

»Es ist wie eine Erlösung«, hatte Dudenhöfer damals gesagt. Und sein Auto und das Gartenhaus waren augenfällige Beweise, dass er zumindest die materiellen Segnungen des Westens zu schätzen wusste.

Dass man demokratische Krokusse feiern könne, fand Bloch nun eine hinreißende Idee. Seinen nebensächlichen Einwand, es könne am Abend vielleicht kühl werden, konnte Dudenhöfer entkräften: Das Haus sei beheizbar. Diese Nachricht war Bloch neu, doch traute er dem erfindungsreichen Bauingenieur die kühnsten Installationen zu.

Als er in der Dämmerung des 28. Februar sein Fahrrad ans Gartentor schloss, befand sich die Kolonie noch im Winterschlaf. Welkes Kraut und faulige Kohlstrünke zierten die Beete, und die spärlichen Farbtupfer der Krokusse wurden überglänzt von den blauen Mülltüten, mit denen die Köpfe der Rosenstöcke eingehüllt waren.

Kein Mensch war auf die Idee verfallen, den Abend im Freien zu verbringen. Sie aber ließen den Rauch von Würstchen und Schweinefilets in den Himmel steigen und wärmten sich die Hände über der Glut des neuen Holzkohlegrills. Später machten sie es sich im Haus gemütlich. Während das Bier vor der Tür in der Kälte blieb, von wo Dudenhöfer ab und zu Nachschub holte, nahmen sie den Grill, allerdings ohne Würstchen, mit nach drinnen. Denn der war, schlicht und genial, Dudenhöfers Heizung.

In altbekannten Anekdoten ließen sie die frühen Jahre ihrer Freundschaft aufleuchten und stießen auf eine bessere Zukunft an.

»Erinnerst du dich, dass ich immer in den Westen wollte?«, fragte Bloch. »Jetzt ist der Westen zu uns gekommen!« Er gähnte glücklich.

»Wir sind frei, Heinz«, sagte Dudenhöfer. »Ich merke das sogar körperlich. Ich kann zum ersten Mal richtig entspannen.«

Bloch ging es genauso. Gesättigt und sanft gestimmt, eingelullt von den stumpfsinnigen Melodien des Kofferradios, hatte ihn früher als gewöhnlich eine Welle der Müdigkeit überflutet. Deshalb winkte er gelassen ab, als Dudenhöfer betrübt mitteilte, das Bier sei alle. Bloch störte das nicht.

»Doch!«, sagte Dudenhöfer. »Ich hole schnell neues von der Tankstelle. Das ist kein Problem!« Er schüttete Holzkohle nach, »Damit du es warm hast«, und stellte das Radio ein wenig lauter, denn Bloch sollte nicht hören, wie er von außen die Tür verschloss.

Wie Dudenhöfer dann beobachten konnte, wäre das nicht mehr nötig gewesen. Bloch erhob sich nicht mehr. Nach einer Stunde drehte Dudenhöfer den Schlüssel wieder um und legte abermals Holzkohle nach. Nach einer weiteren wurde er an der Tankstelle gesehen, wo er sechs Flaschen Bier erwarb. Um Mitternacht schließlich empfing die Notrufzentrale seine aufgeregte Bitte um Hilfe; er könne seinen Freund nicht mehr wachrütteln.

Als die Rettungsmannschaft kam, war der Freund ebenso erkaltet wie der Grill. Der Notarzt seufzte und erklärte dem Bauingenieur die Wirkungsweise von Kohlenmonoxid in geschlossenen Räumen. Dudenhöfer, der darüber erheblich besser Bescheid wusste, hörte sich die Erläuterung mit fassungslosem Staunen an.

»Aber warum gerade er?«, rief er in heroischer Verzweiflung aus. »Warum nicht ich?« Voll Gram und Wut trat er mit dem Fuß nach dem schuldigen Grill.

»Ihnen ist wohl zugute gekommen, dass Sie ab und zu vor die Tür gegangen sind, um Bier zu holen«, vermutete der Arzt ganz richtig, denn Dudenhöfer hatte das Herbeibringen jeder neuen Flasche zu Atemübungen genutzt. »Ihre letzte Rettung aber war, dass Sie Nachschub besorgen mussten.«

Dudenhöfer schüttelte ungläubig den Kopf über die Ungerechtigkeit und die Gnade des Zufalls. Der Arzt betrachtete unterdessen das Gartenhaus und bemerkte: »Wenn Sie Ihren Grill in einer der Bruchbuden links oder rechts aufgestellt hätten, wäre nichts geschehen. Dieses Westhaus hier ist einfach zu perfekt abgedichtet.«

Dudenhöfer nickte reumütig. Und der Polizist, der das Protokoll aufgenommen hatte, sah ihn gebieterisch an: »Merken Sie sich das. Ein Westprodukt ist nicht immer das Beste! Der Westen hat auch Nachteile!«

Er hätte Dudenhöfer nicht tiefer aus der Seele sprechen können. »Und ich hoffe«, sagt Dudenhöfer heute, »dass auch Bloch das im letzten Moment noch kapiert hat.«

Camping

In den meisten gängigen Campingführern wird noch der idyllisch gelegene Platz am Habichtswald gelobt. Seine Lage am Hang habe in Mitteleuropa kaum seinesgleichen. Zwischen Forst und Strom genieße jeder vom Zelt aus einen unverstellten Blick auf die Gipfel des Kagermassivs. Die Stellplätze seien großzügig bemessen, die Versorgungseinrichtungen komfortabel, die sanitären Anlagen vorbildlich sauber.

Doch das Habichtswald-Camp ist geschlossen. Schuld daran ist ein Rechtsanwalt aus Dangast, ein gewisser Heribert Kahn. Dieser untadelige Strafverteidiger hat nicht nur erreicht, dass der Platz wegen gravierender Sicherheitsmängel nie wieder öffnen wird. Er hat darüber hinaus vom Pächter eine Million Euro Schadenersatz erstritten, und zwar dafür, dass Frau Sabine Kahn auf diesem Platz tragisch ums Leben kam. Das ist drei Jahre her. Unter Freunden gibt der Anwalt inzwischen seufzend zu erkennen, dass er allmählich über den Tod seiner Frau hinweggekommen sei. Was auch nicht weiter verwunderlich ist – schließlich hat er ihn selbst herbeigeführt.

Ich lernte Kahn im ersten Sommer des Jahrtausends kennen, als ich während eines Urlaubsaufenthaltes in Dangast mit einem Verkehrspolizisten in Streit geraten war und den Rat eines lokalen Anwalts suchte. Heribert Kahn galt als bequem geworden und betrieb die Kanzlei nur mehr aus Liebhaberei. So nahm er sich meiner an.

Er war wohl Mitte fünfzig, untersetzt und kräftig, nicht gerade ein gut aussehender Mann, doch ein so genannter Charakterkopf mit markanter Nase und hellwachem Blick. Er machte einen klugen und warmherzigen Eindruck, und wir unterhielten uns bald über Themen, die den Anlass meines Besuches hinter sich ließen. Nachdem wir uns ein paar Mal in der altfränkisch hergerichteten Weinstube am Markt getroffen hatten, erzählte er mir von seinem Campingabenteuer.

Ich mochte ihn. Und ich bin sicher, dass Kahn seine Frau nicht gehasst hat. Dafür ist er wohl auch nicht leidenschaftlich genug. Doch muss sie ihm das Leben zur Qual gemacht haben. Unter Glück verstand sie etwas anderes als er. Auf den Fotos, die er zum Beweis der Trauer bei sich trug, machte sie einen eleganten und unzufriedenen Eindruck.

»Sie war wie geschaffen für Empfänge, Gesellschaften oder Vernissagen«, sagte er. »In mondäner Umgebung blühte sie auf. Man behauptete, ich hätte sie ausschließlich für repräsentative Anlässe geheiratet. Ich glaube inzwischen, das stimmt. Aber damals habe ich mir dazu noch eingeredet, ich liebte sie.«

Im zweiten Jahr der Ehe war davon nichts mehr zu spüren. In der Häuslichkeit der Provinz langweilte sich die Frau. Im Urlaub erfüllte er nicht ihre Wünsche. Sie sehnte sich nach dem Golfplatz, während er am liebsten wanderte. Sie wollte den Sommer an eleganten Promenaden verbringen und Abende im Casino verspielen. Er zeltete gern und genoss die Dämmerung am liebsten auf einem morschen Bootssteg.

»Wir hätten ja getrennt Urlaub machen können, das Geld war da! Aber sie wollte partout mit mir reisen. Ich hätte ihr einen Gigolo gegönnt. Doch sie zog es vor, bei mir zu sein und mich zu peinigen.« Sie wäre zweifellos lieber auf einer Yacht nach Portofino gereist als im Auto durch deutsche Mittelgebirge. Und doch fuhr sie mit; nur zeigte sie ihrem Mann bei jeder Gelegenheit, was sie von seinem kleinbürgerlichen Zeitvertreib hielt. »›Warum fährst du mit mir, wenn du mir doch alles madig machst?‹, fragte ich. ›Weil mir das Madigmachen Spaß macht‹, antwortete sie; ›genau genommen ist es das Einzige, was mir noch Spaß macht.‹«

Der Wunsch, ihren Fall für immer zu den Akten zu legen, sei schon früh entstanden, erzählte Kahn. Die Idee, wie es zu bewerkstelligen sei, kam ihm erst auf der Fahrt zum Habichtswald. Er kannte das Camp und vor allem die Parkmöglichkeiten auf einem Plateau oberhalb der Zelte. Seine Frau saß am Steuer. Er wies ihr einen Platz am Rande der Böschung, sie stellte das Auto dort ab.

Beim Aussteigen trat ein stirnrunzelnder Urlauber auf sie zu: »Wollen Sie Ihr Auto so stehen lassen?«

Kahn erkannte in diesem Augenblick mit vollkommener Klarheit, dass er diese Gelegenheit nicht vorübergehen lassen durfte. Sein Herz pochte, als er kühl antwortete: »Meine Frau parkt nun mal so. Und was meine Frau tut, ist mir heilig.«

Der andere lachte, die Frau war mit der Antwort ebenfalls zufrieden. »Überhaupt wirkte sie an diesem Abend friedlich, ja sogar heiter und optimistisch. Wir tranken den Weißwein der Gegend, sie wurde immer fröhlicher und machte Späße. Vielleicht war sie erleichtert über die unerwartet komfortable Ausstattung des Camps und über das weitläufige Areal, das niemandem eine lästige Nähe aufzwang. Oder etwas in ihr ahnte, dass sie nicht mehr lange mit mir würde ausharren müssen.«

Es war Kahn gelungen, für das Zelt einen Platz am Fuße der

Böschung zu bekommen. Nach dem Wein schlief seine Frau lächelnd und tief. Gegen zwei Uhr hörte er das freundliche Trommeln des Regens; es war ein ermutigender Wink der Natur. Er erhob sich leise und stieg die granitenen Stufen zum Parkplatz hinauf. Oben beglückte ihn der Duft der Tannen und der feuchten Erde. Er stieg ins Auto, um das Steuer auszurichten.

»Sie hatte nicht einmal einen Gang eingelegt«, erzählte er. »Ich bin schnell wieder ausgestiegen, um nicht selbst mit abzurutschen. Unter den Vorderrädern wusch der Regen die Erde weg. So genügte ein Stupser.« Um ganz sicher zu gehen, hätte er am Steuer sitzen bleiben können. »Aber dazu fehlte mir die Kaltblütigkeit. Und die endgültige Entscheidung wollte ich dem Schicksal überlassen.«

Das Schicksal entschied in seinem Sinn. Erst an einem Graben hinter dem platt gewalzten Zelt kam der Wagen zum Stehen. Kahn eilte hinterher, brachte sich hektisch eine Schürfwunde bei und schrie aus dem Chaos der Stangen und Zeltbahnen um Hilfe.

»Ich konnte lebend geborgen werden«, berichtete er lachend.

Für seine Frau kam der Notarzt zu spät. Ein Urlauber erinnerte sich, dass die Frau selbst den Wagen an der gefährlichen Stelle abgestellt hatte; er habe noch gewarnt. Kahn bestätigte das. Gleichwohl gelang es ihm, vom Pächter aufgrund mangelnder Sicherheitsvorkehrungen jenes hohe Schmerzensgeld zu erstreiten, von dem er seither zufrieden lebt.

Die Rolltreppe Gottes

Beinahe wäre Pater Benedikt Schwalm der erste katholische Pfarrer Deutschlands gewesen, der sich zu seiner Ehe und Vaterschaft bekannt hätte. Doch unmittelbar vor jenem Osterfest, für das er das öffentliche Bekenntnis vorgesehen hatte, gab Gott ein Zeichen, das für den Pater und seine Geliebte so tragisch und so eindeutig war, dass sie ihre unheilige Beziehung beendeten und einander nie wieder sahen.

Der Pater hat mir die Geschichte im Februar 2003 erzählt. Da war er gerade siebzig geworden, und die Ereignisse lagen mehr als dreißig Jahre zurück. Die Zeit hatte sie zu erzählbarem Stoff gemacht. Er schilderte sie, als handele es sich um eine moralische Anekdote. Beim Sprechen nahmen seine Züge einen so milden und gütigen Ausdruck an, dass ich unwillkürlich näher rückte, um ihn genauer zu sehen, so fantastisch wirkte das Missverhältnis zwischen seiner Erscheinung und seiner Tat. Am Ende strahlten seine Augen, als habe er soeben nicht die Finsternis, sondern die vollkommenste Lauterkeit seiner Seele bewiesen. Mich hätte ein Fluch nicht mehr bedrücken können als seine Segensworte zum Abschied.

Pater Benedikt lebt in einer von Schlossmauern überragten Kleinstadt am Südrand der Schwäbischen Alb. Die Geschichte seiner tödlichen Liebe hat sich jedoch auf dem Land bei Würzburg zugetragen. Mitte der sechziger Jahre

hatte er hier seine erste Gemeinde übernommen und bald den Ruf erworben, hilfsbereit und volkstümlich, zugleich jedoch eremitenhaft fromm zu sein.
Er stand zu den Laudes auf und ging um Mitternacht noch nicht ins Bett. Er betete marianische Hymnen mit derselben Hingabe, wie er Kaninchenställe reinigte oder Öl auf das Haupt eines Kranken träufelte. Mit zweiunddreißig Jahren fühlte er sich würdig und in der Lage, die Verwandlung von Oblaten in den Leib der Heiligkeit vorzunehmen und aus einem geweihten Kelch das Blut Gottes zu trinken.
Doch als er die sechzehnjährige Schreinerstochter Pia Nerlinger sah, die ihr hüftlanges Weizenhaar offen zur Messe trug, glaubte er, eine Madonna sei aus dem Goldgrund ihrer Ikone gestiegen, um nicht länger traurig und unberührbar zu bleiben.
Binnen weniger Monate erfuhr er die Blässe der Sakramente und die Kraftlosigkeit geistlicher Exerzitien. Der Schreinerstochter allerdings, die ihm ehrfürchtig gehorchte, verlangte er das Gelübde der Verschwiegenheit ab.
Im Jahre 1966 wurde Sophie Nerlinger geboren. Ihre Mutter gab als Vater einen jungen Mann an, der ein halbes Jahr zuvor mit einem Traktor verunglückt war. Um der Familie und dem Dorf weitere Schmähreden zu ersparen, zogen die Eltern mit ihr in die Stadt.
Der Pater kehrte zurück in die unantastbaren Räume der Liturgie. Der Gemeinde war nicht verborgen geblieben, dass er barmherzig Anteil genommen hatte am Schicksal der gefallenen Magd. Er hatte sie ins Verhör genommen, ihren Vater zur Nachsicht ermahnt und der Mutter die Fürsorge auferlegt. In den Wochen um die Geburt herum war das Licht seines Betpultes erst gegen Morgen erloschen. Nun schlief er wieder und gesundete sichtlich. Den neuen

Schreiner, der in das Haus und die Werkstatt der Nerlingers zog, begrüßte er mit herzlicher Freude.
In der Dämmerung der Kirche indes sah er, wie sich unruhig die Schatten regten, rings um den unsicheren Lichtkreis, den die Flamme des Allerheiligsten warf. Und in der Stille der Sakristei knisterte noch die Aufregung der geheimen Treffen. Zwischen den Messgewändern fand er Goldhaar und die Reliquien der verstohlenen Liebe und verbrannte sie. Doch die unterdrückten Seufzer blieben, und das Echo der geflüsterten Schwüre wollte nicht vergehen.
In Tagen freiwilliger Bußübungen und des Fastens erkannte der Pater, dass die Unruhe andauern würde, solange es das Kind gab. Er sah es manchmal. Pia kam ins Dorf, um Freundinnen zu besuchen, und meldete sich dann zur Beichte. Sobald er ihren lichtumfluteten Umriss in der Kirchentür erblickte, verschwamm die Klarheit seiner Erkenntnisse. Und wenn die Tür zuschlug und die Schritte näher kamen über die Marmorfliesen und die grauen Grabplatten selig gesprochener Ahnen, pochte sein Verlangen, und der Vorhang des Tempels zerriss.
Wenn sie das Kind mitbrachte, konnte er Haltung bewahren. Er streichelte es mit der Güte und dem Desinteresse eines Geistlichen, bewunderte die gleichen verführerischen Haare, prüfte allerdings insgeheim, ob das Kind sonst auch ihm ähnlich sehe, und wunderte sich über seinen Zorn, als jemand berichtete, es gleiche ganz und gar dem verunglückten Traktorfahrer. Pia bot Fotos an; er wollte kein Indiz aufbewahren.
»Ich trage euch immerfort in meinem Herzen«, beteuerte er. »Das ist Reichtum genug.«
Tatsächlich hatten sich die Bilder des Kindes in seine Seele gesenkt. Sie stiegen in seinen Andachten auf und gaukel-

ten durch seine Meditation. Als er die Heiligen befragte, erhielt er eine Antwort: Derjenige, der ihn einmal versucht habe, führe ihm immer wieder das Bild seiner Niederlage vor Augen, um ihn niederzuhalten in der Sünde.

Pater Benedikt bestreitet, dass er jemals einen Plan zur Tilgung der Bilder gefasst habe.

»Ich hätte dem Kind niemals etwas antun können«, sagte er. »Aber schweren Herzens rang ich mich dazu durch, ein Gottesurteil zu fordern.«

Er spielte auf die Opferung Isaaks an. Sein Part sei nun der Abrahams gewesen. Nur trat in seinem Fall kein Engel dazwischen und auch kein Mensch. Und es bleibt die Frage, was er getan hätte, wenn damals jemand zur Rettung der kleinen Sophie herbeigeeilt wäre. Er behauptet, dann hätte er sich bekannt. Er wäre erhobenen Hauptes der erste Pater gewesen, der jenseits des Zölibats gepredigt hätte. Denn ihm sei es allein darum gegangen, in der Wahrheit zu leben.

Die Notwendigkeit, das Gottesgericht anzurufen, ergab sich nach dem Tod seines Schwiegervaters im Februar 1972. Wie sich zeigte, hatte der Schreinermeister Josef Nerlinger entweder von Beginn an die Verhältnisse durchschaut, oder ein lichter Moment auf seinem Sterbelager hatte ihm die Tatsachen aufgedeckt. In einem letzten Zwiegespräch jedenfalls ermahnte er seine Tochter, die kleine Sophie nicht länger im Unklaren zu lassen. Sie könne die Wahrheit vertragen. Im Übrigen habe er sich als Großvater lange genug um das Kind gekümmert, es sei hohe Zeit, dass der Vater die Verantwortung übernehme.

Mit dieser Nachricht, die einer Revolte gleichkam, sprach Pia eine Woche später bei Pater Benedikt vor. Der war mittlerweile lange genug im Amt, um jegliche Irritation hinter der Maske der Gelassenheit zu verbergen. In diesem Fall jedoch zerbrach er eine Kerze, die er eben auf einen Messingleuchter stecken wollte. Dann fing er sich wieder. Bis heute vermutet er, Pia habe sich die Geschichte vom letzten Wunsch auf dem Sterbebett ausgedacht; das Resultat indes blieb das gleiche. Er musste handeln.

Er umarmte sie und versicherte, er habe auf diesen Tag gewartet; der Wunsch zum offenen Bekenntnis habe von ihr kommen müssen. Nun endlich sei es so weit. Sie möge nur noch wenige Wochen warten, in denen er manches zu erledigen habe, dann wollten sie gemeinsam die Tarnung ablegen. »Wenn Gott auf unserer Seite ist«, sagte er, »wird alles gut.«

Pia hegte wohl zu viel Liebe oder zu viel Ehrfurcht, um sich allein auf den Weg zu machen. Sie hätte ihrer Tochter auch ohne Genehmigung des Paters von ihrer Herkunft erzählen können. Sophie war jetzt sechs Jahre alt. Sie kannte den Pater nicht mehr nur von ihren Besuchen auf dem Dorf; er war auch in die Stadt gekommen, allerdings ohne Soutane. Zu dritt hatten sie Spaziergänge unternommen, vor ihrem fünften Geburtstag war er mit ihr allein einkaufen gegangen. Sie betrachtete ihn als Freund. Die Nachricht, er sei ihr Vater, hätte sie mit Luftsprüngen und Händeklatschen begrüßt. Vielleicht war die Mutter mit dreiundzwanzig Jahren auch immer noch zu unterwürfig und auf eine hergebrachte Weise zu fromm. Die Reaktion auf das Ende ihres Kindes spricht dafür. Freilich ist mir diese Reaktion nur aus der Schilderung des Paters bekannt; und ihm war daran gelegen, selbst Meuchelei und Zerstörung noch als sanftes Gesetz erscheinen zu lassen.

Pia habe bei der Nachricht aufgeschrien und mit Fäusten gegen seine Brust getrommelt. Dann habe sie lange und verzweifelt in seinen Armen geweint. Und am Ende habe sie sich gefügt. »Es war Gottes Entschluss«, habe sie gesagt. »Es gilt, was er für richtig hält. Er wollte nicht, dass wir uns offenbaren. Er hat es gezeigt. Nicht unser Wille, sein Wille geschehe.« Angeblich lebt sie heute, als Frau eines Lehrers und Mutter zweier erwachsener Kinder, in der Nähe von Straubing im Bayerischen Wald.

Am 11. März 1972, drei Wochen nach den letzten Worten des Schreinermeisters, zugleich wenige Tage vor der Einschulung, die damals zu Ostern stattfand, hatte der Pater angekündigt, er wolle mit Sophie zum Einkaufen in die Würzburger Innenstadt fahren. Sophie konnte bereits ein wenig lesen; so verbrachten sie lange Zeit in einer Buchhandlung und blätterten und lachten. Sie malte gern; er kaufte ihr Buntstifte und einen eigenen Aquarellkasten. Sie sahen sich in einem Zoogeschäft Hamster und Meerschweinchen an, und er versprach, über die Anschaffung mit ihrer Mutter zu reden. Es war, als wolle er Gott und den Menschen noch einmal zeigen, dass er dieses Kind lieb habe.

Kurz vor Ladenschluss betraten sie ein Warenhaus, das heute, gründlich umgebaut, immer noch an derselben Stelle steht. Es waren nicht mehr viele Kunden zu sehen. Die Kassiererinnen widmeten sich bereits dem Tagesabschluss.

Um zur Abteilung mit Kinderkleidung zu gelangen, mussten sie in das fünfte Stockwerk fahren. Auf der Rolltreppe behauptete der Pater, er habe eine Idee. Er wolle Spaß machen. Er zeigte Sophie, dass er auf nur einem Bein stehend aufwärts fahren konnte. Sie ahmte es nach und konnte es auch. Auf dem Weg zum zweiten Stock bewies er, dass er sogar rückwärts fahren konnte, ohne sich festzuhalten. Das gelang ihr ebenfalls.

Auf dem Weg zum dritten Stock bat er sie, das Kunststück, das er jetzt vormachen werde, noch nicht gleich nachzuahmen. »Ich sage dir, wenn du es machen kannst!«
Das Kunststück bestand darin, dass er sich bückte, bis sein Kopf fast die Knie berührte – »Weiter komme ich nicht« –, und in dieser Haltung bis zur dritten Etage fuhr. »Jetzt kannst du es probieren«, sagte er dort.
Sophie betrat die Rolltreppe zum vierten Stock allein. Sobald er gesehen hatte, wie sie sich vorbeugte, und sobald er sicher war, dass ihr langes Haar sich zwischen den Stufen verklemmte, eilte er die fahrende Rolltreppe abwärts. Er hielt sich die Ohren zu. Er gelangte in den zweiten Stock, in den ersten Stock, im Parterre nahm er die Hände von den Ohren und lauschte und hörte nichts mehr.
Er eilte zum Informationstresen: Er vermisse sein Patenkind. »Ich habe Angst um sie. Sie ist so leichtsinnig!«
Nun wurde ihr Name ausgerufen. Wenig später eilte eine schreiende Verkäuferin herbei. Er schlug die Hände vors Gesicht.
Ich habe keinen Riss in der Freundlichkeit des Paters entdecken können, keine Verhärtung, während er die Geschichte erzählte. Vielmehr strahlte eine heitere Verklärung auf seinem Gesicht und umschwebte seine Stirn wie eine rosige Wolke. Am Ende betrachtete er das Bildnis der kleinen Sophie, das neben einem Kranz von Immortellen und einem hölzernen Kreuz in einer Nische hing.
»Du kamst, du gingst mit leiser Spur, ein flücht'ger Gast im Erdenland. Woher? Wohin? Wir wissen nur, von Gottes Hand in Gottes Hand«, sprach er und hob das Glas, das er sich abermals mit Likör voll geschenkt hatte.

Schädlingsbekämpfung

An einem windstillen Oktoberabend vor zwei Jahren verlor der Mecklenburger Vogelfreund Rudi May eine Wette. Er ließ sich auf eine zweite ein. Die gewann er. Und manches spricht dafür, dass er sich seines Sieges einen glanzvollen Augenblick lang bewusst war, bevor er das Bewusstsein für immer verlor.

Wenige Stunden davor hatte May in der »Kastanie« zu Dölitz von der Kunst des Taubenfütterns gesprochen. Er hatte sich über einen kaltherzigen Aufruf zur Schädlingsbekämpfung mokiert und über die westlichen Beamten, die ihn durchsetzen sollten, über all jene Weichlinge, die damals für hohe Gehälter in die neuen Länder gekommen waren, um sich mit noch höheren Abfindungen aus dem Staub zu machen.

Einer, der geblieben war, saß an jenem Abend unbeachtet in einer Ecke und starrte auf einen schillernden Brei aus Sülze und Bratkartoffeln. Es war sein zweites Jahr in den neuen Ländern, doch sein erster Tag in dieser Region. Man hatte ihn geholt, weil die Bahnhöfe von Teterow und Gnoien eingeschneit waren von den Federn der Tauben und nachts vom Rattentanz bebten. Als er das Gerede des Tierfreundes hörte, ahnte er, dass er diesen Tag und zugleich die Albträume der Eisenbahner mit einem spektakulären Triumph beenden könnte. Er erhob sich, kaufte zwei Flaschen Korn und verließ das Lokal.

Ich lernte ihn sechs Monate nach seinem Triumph kennen, im Juni des vergangenen Jahres, an einem Bahnhofsgebäude zwischen Pritzwalk und Putlitz, wo er Köderboxen für Ratten aufstellte.
Damals besichtigte ich Bahnhöfe, die an stillgelegten Strecken zum Verkauf standen. Die meisten verfügten weder über Kanalisation noch Wasseranschluss. Dieser diente den Bewohnern des benachbarten Dorfes obendrein als Müllkippe. Gleichwohl war er von Vagabunden als Nachtasyl aufgesucht worden. Im früheren Schalterraum türmten sich Flaschen neben einer zernagten Matratze.
Der Mann mit den Köderboxen hieß Norbert Schmalstieg. Aus der Gesundheitsbehörde in Hannover war er in die neuen Länder gekommen. Zunächst hatte er in Rostock unüberschaubare Mäusevölker besiegt, denen ein Warenhaus zum Opfer gefallen war. In Ahlbeck hatte er Kakerlaken von der Zimmerdecke eines Hotels gesprüht. Nun widmete er sich im Auftrag der Schweriner Bahndirektion den Ratten.
Ich schlug ihm eine Reportage vor. Am folgenden Tag trafen wir uns in Teterow. Tauben flatterten um das Torschreiberhaus, bevölkerten den Platz vor der Backsteinkirche und pickten am Bahnhof zwischen den Gleisen.
»Es sind schon viel weniger geworden«, sagte Schmalstieg. »Bis vor einem halben Jahr hatten wir hier ein Problem. Einen Mann, der sie fütterte. Man konnte ihn nie erwischen. Er kam im Dunkeln mit seinem Wagen, stoppte kurz, kippte zwei, drei Säcke Weizen aus und brauste davon. Wir wussten nie genau, wo er wann auftauchen würde, ob hier oder am Bahnhof in Gnoien, und ob um Mitternacht oder im Morgengrauen. Es war jedes Mal anders, er war nicht zu fassen.«

Er zeigte mir Gehwegplatten, die er an den Mauern des Bahnhofs dreißig Zentimeter tief in den Boden gegraben hatte. Er suchte nach Rattenspuren im Sand und nach den Olivenkernen ihres Kotes und fand nichts. »Vielleicht ist es vorbei«, sagte er.

»Kommt der Mann nicht mehr?«, fragte ich. Schmalstieg betrachtete den Zug, der abfahrbereit am Bahnsteig wartete: Gepäckwagen, Personenwagen, schiebende Lok. In der offenen Tür des Gepäckwagens saß der Schaffner auf einer Holzbank und sonnte sich.

»Nein«, sagte er. »Der Mann kommt nicht mehr.«

Es war an der Zeit, ihm absolute Vertraulichkeit zuzusichern. Wir bestiegen den Zug und rumpelten wenig später an Schrebergärten und dem Doppelrohr einer Fernwärmeleitung vorüber. Dann hatten wir freies Land erreicht und fuhren zwischen Maisfeldern und Wiesen mit spiegelnden Weihern nach Norden. »In Dölitz steigen wir aus«, sagte Schmalstieg. »Da ist es passiert.«

Am 28. Oktober des Vorjahres hatte Schmalstieg nur wenige Stunden in Teterow zugebracht. Das betäubende Flügelschlagen der Taubengeschwader und ihre kniehohen Kothaufen am Bahnschuppen, dazu die Heerstraßen der Ratten unter den Zäunen und der Dunst ihrer Verdauung im Wartesaal hatten genügt, um die dringendste Maßnahme seiner Schädlingsbekämpfung festzulegen.

Als Schmalstieg am Abend in der Dölitzer »Kastanie« saß, achtete er zunächst nicht auf die anderen Gäste. Erst als am Tresen einer begann, seine Liebe zu den Vögeln zu preisen, sie seien ihm lieber als Menschen, sah er hinüber. Der Mann war jenseits der sechzig, nachlässig gekleidet und von ungesunder Hautfarbe. Während er den Wirt belehrte, tropfte Bierschaum aus seinem Schnurrbart.

Der Wirt sagte: »Aber ich habe gehört, Rudi, sie wollen dir das Taubenfüttern verbieten.«
Rudi lachte und erläuterte, warum einem Schlitzohr wie ihm, der schon den Sozialismus überstanden hatte, die windelweichen Westbeamten nicht gewachsen waren.
Schmalstieg hatte einen Berg aus seinem Brei gebaut. Nun strich er ihn wieder glatt. Er kaufte zwei Flaschen Korn, leerte eine davon ins Klo und füllte sie mit Wasser. Dann trat er in die Dunkelheit. Unter den parkenden Autos vor der Kneipe fand er eines, auf dessen Rückbank sich Säcke mit Vogelfutter stapelten. Während er wartete, sah er in der Ferne den Zug nach Gnoien bummeln und wieder aus Gnoien zurückkehren. Bis zum nächsten blieben anderthalb Stunden.
Nach einer Stunde schwankte Rudi May aus der Tür. Er musste sein Auto erst suchen. Als er Schmalstieg sah, blieb er unsicher stehen.
»Entschuldigen Sie«, sagte Schmalstieg. »Ich habe mich nicht getraut, Sie im Lokal anzusprechen. Ich bin Taubenzüchter.«
»Sie sind aus dem Westen«, lallte May.
»Ich habe gehört, dass Sie ein Händchen für Tauben haben.«
»Ich füttere sie, nichts weiter.«
»Ich biete Ihnen hundert Euro für fünf Minuten Hilfe und einen Sack Vogelfutter. Ich möchte sehen, ob man ein paar Tauben nach Dölitz locken kann.«
Kurz darauf holperte Mays Auto auf dem Feldweg zum so genannten Bahnhof von Dölitz. Mitten auf freiem Feld stehen dort sechs hohe Eichen. Darunter, um ein Gerüst von hundertjährigen Bohlen, ist Erde aufgeschüttet. An zwei schiefen Pfosten versinkt das Stationsschild im Acker. Der

Zug hält in Dölitz nur, wenn ein Fahrgast dem Schaffner Bescheid sagt. Oder wenn unter den Eichen jemand sehr deutlich winkt.

An jenem Oktoberabend winkte niemand. Schmalstieg hoffte vielmehr mit klopfendem Herzen, dass der Zug durchfahren werde, und unbegreiflicherweise geschah das dann auch. Zuerst verteilten die beiden einen Sack Futter zwischen den Schienen. Dann zog Schmalstieg die beiden Flaschen hervor. Diejenige mit Korn überreichte er May.

»Und jetzt will ich wetten«, sagte Schmalstieg. »Sie haben vorhin über die weichen Westler hergezogen.«

»Sie habe ich nicht gemeint«, brummte May.

»Ich wette mit Ihnen, dass ich härter im Nehmen bin. Trinken wir jeder eine Flasche Korn aus. In einem Zug!«

May, der schon betrunken war, hatte Schwierigkeiten. Er arbeitete, kämpfte, schluckte, würgte und hätte es beinahe geschafft. Doch eine Neige blieb, während der Westler seine Flasche restlos geleert hatte.

»Die Wette haben Sie verloren«, stellte Schmalstieg fest und wischte sich das Wasser von den Lippen. »Wenn Sie wollen, wagen wir noch eine zweite. Vorhin haben Sie behauptet, Beamte aus dem Westen seien Drückeberger. Ich bin Beamter, kommen Sie.«

Er packte den benommenen Taubenfreund an den Armen und schleppte ihn an die Gleise. Schon war aus Lunow das Läuten der Schranke zu hören.

»Wir setzen uns auf die Schienen und sehen, wer als Erster Schiss kriegt. Das ist die Wette. Wer als Erster abhaut, hat verloren.«

May ließ sich schnaufend nieder, Schmalstieg daneben.

In einer weiten Kurve rollte der Zug auf den Bahnsteig zu, eher gemütlich als unheilvoll; mehr als dreißig Stundenkilometer ließen die verbogenen Schienen nicht zu. Als er noch zweihundert Meter entfernt war, stand Schmalstieg auf.

»Ich hätte gar nichts zu sagen brauchen«, erzählte er mir, als er mir in Dölitz die Stelle zeigte. »Aber ich sagte: ›Ich gebe auf, Rudi. Der Sieg ist Ihrer!‹ Rudi murmelte etwas, das ich nicht verstand, und blieb sitzen. Ich trat ein Stück zurück auf die Wiese und rief: ›Haben Sie gehört? Rudi! Sie können aufstehen, Sie haben gewonnen, ich bin feige!‹ Und schließlich, da war der Zug schon sehr nahe, rief ich noch: ›Runter von den Schienen, Idiot!‹ Doch er sank einfach um.«

Schmalstieg wischte mit der Hand durch die Luft. »Sank einfach um! Ich glaube, ich habe gerufen, um eine Rechtfertigung zu haben, falls der Zug halten würde. Aber auch, weil es mir unheimlich war. Denn der Zug hielt ja nicht, und Sie haben heute gesehen, warum: Er wird geschoben.«

Das stimmte. Der Zugführer muss aus dem Fenster erkennen, ob jemand mitfahren will. Dabei sieht er den Bahnsteig, aber nicht die Gleise.

»Und wahrscheinlich war auch er zu betrunken, um die Unebenheit wahrzunehmen«, vermutete Schmalstieg. »Ich stand fünfzig Meter entfernt. Ich beobachtete diese unbegreifliche Durchfahrt. Und ich erkannte nur am Licht des Zuges, was passierte: Die Gleise reflektierten das Licht. Nur an einer Stelle schimmerten sie nicht, da waren sie dumpf. Im roten Widerschein der Rücklichter blieb eine dunkle Stelle. Eine Zeit lang bin ich stehen geblieben und habe gewartet. Aber näher rangegangen bin ich nicht mehr. Ich bin in weitem Bogen nach Dölitz zurückgekehrt zu meinem Wagen und bin heimgefahren nach Schwerin.«

Den Meldungen in der Presse war eine gewisse Genug-

tuung darüber anzumerken, dass der törichte Taubenfütterer bei einer seiner nächtlichen Aktionen ums Leben gekommen war.
Als Schmalstieg mir die Geschichte erzählt hatte, blieb es am Bahnhof von Dölitz zunächst vollkommen still. Einmal fuhr der Wind in die Kronen der Eichen. Da raschelten die Blätter, die das Dach des Bahnhofs bilden. Die Telefonmasten wimmerten leise. Und das blecherne Andreaskreuz quietschte, das am Feldweg zur Vorsicht beim Überqueren der Schienen mahnt.
Das war alles. In der Ferne, hinter den Feldern von Weizen und Raps, zeigte eine Kastanienallee den Verlauf einer Straße an. Aber sie war zu weit weg, fast schon am Rand des Höhenrückens, den die letzte Eiszeit dort hinterlassen hat.
Ich wollte mich gerade räuspern, weil ich den Eindruck hatte, Schmalstieg erwarte von mir einen Kommentar, womöglich eine Entlastung, da rauschte es in der Luft, und eine Taube flog heran. Gleich danach landete eine zweite, es kamen noch zwei und mehr, und bald pickte eine graue Schar zwischen den Gleisen herum. Das gab uns eine Gelegenheit zu lachen.
»Sehen Sie«, sagte ich. »Es ist immer noch Futter da!«
Er seufzte. »Ja, und es ist merkwürdig, irgendwie beruhigt mich das.«

Die Madonna von Zahnstochau

Auch die Bundesanstalt für Arbeit hat in den vergangenen Jahren einige betriebsbedingte Kündigungen vornehmen müssen. Birgit Fassbinder gehörte zu den Sachbearbeiterinnen, von denen man annahm, dass sie kurz vor der Entlassung standen. Nicht, weil sie einen Grund dafür geliefert hätte. Sie selbst muss stets kurz davor gewesen sein, einen Abschiedsbrief zu schreiben. Unbegreiflicherweise tat sie es nicht.

Bernd Seppelfricke, der mir von ihr erzählte, wunderte sich noch im Nachhinein, dass sie nicht einmal krank wurde. »Die meisten Kollegen, denen das passiert, was ihr passiert ist, bekommen spätestens nach einem halben Jahr ein Magengeschwür oder einen Hörsturz. Sie können nicht mehr schlafen und fallen in Depressionen. Sie melden sich krank. Oder melden sich ganz ab. Doch die einzige Reaktion, die Frau Fassbinder zeigte, war, dass sie immer mehr aß. Wir nannten sie immer das Lachsröllchen, weil sie sich so gern hellrot oder orange kleidete. Aber das war charmant untertrieben.«

Bei den meisten Gelegenheiten waren die Kollegen weniger liebenswürdig. Sie rauchten mit Vorliebe in Frau Fassbinders Gegenwart, denn sie konnte Rauch schlecht vertragen. Sie schütteten versehentlich Kaffee auf ihre Unterlagen und streuten Tabak in ihre Teedose. Wenn sie das Büro verlassen hatte, zog jemand ihre Briefe aus der Unterschriftenmappe, versah die Entwürfe an ihrem Computer mit plumpen Fehlern und legte die neuen Ausdrucke in die Mappe für den Abteilungsleiter.

Doch der war auch ohne solche Anstrengungen nicht gut auf sie zu sprechen. »Ah, Sie waren wieder in der Kirche, Frau Fassbinder«, sagte er jeden Montag. »Sie sehen so durchgeorgelt aus.« Während die Kollegen in devotes Gelächter ausbrachen, blieb die Angesprochene still, bemühte sich um ein gefälliges Schmunzeln und arbeitete mit gebeugtem Kopf fleißig weiter.

»Sie saß mir gegenüber«, erzählte Bernd Seppelfricke. »Und ich staunte, dass sie nie protestierte. Sie wehrte sich nicht. Sie beschwerte sich nicht. Vielleicht aus Gutmütigkeit. Vielleicht war sie auch von klein auf keine andere Behandlung gewohnt.« Die Kollegen standen dem Einfallsreichtum ihres Abteilungsleiters nicht nach.

»Wissen Sie eigentlich, warum Frau Fassbinder nie arbeitet, wenn Sie hereinkommen?«, fragten sie ihn. – »Na?« – »Weil Sie Gummisohlen tragen!« Der Abteilungsleiter schlug sich auf die Schenkel, die Kollegen brüllten, Frau Fassbinder lächelte.

»Vorsicht, hinter Ihnen! Eine Schnecke verfolgt Sie!«, riefen sie, wenn sie aus dem Zimmer ging. »Und klauen Sie nicht so viel Klopapier! Zu Hause müssen Sie doch nicht alles mit drei Durchschlägen machen!«

Dabei war Birgit Fassbinder einer der schnellsten und fleißigsten Mitarbeiter der Anstalt. »Der Fleiß war der erste ihrer Fehler«, erklärte Bernd Seppelfricke. »Der zweite war ihr Gewicht. Sie wurde ja auch immer fetter. Der dritte war, dass sie mich anhimmelte.«

Auf dem Foto von einem Betriebsausflug, das er mir zeigte, war sie auf Anhieb zu erkennen. Sie trug ein graues Kleid mit einem orangenen Pullover und stand etwas abseits von den anderen. Tatsächlich blickte sie gerade zu Seppelfricke hinüber wie ein verliebter Teenager. »Immer, wenn sie meinte, ich merkte es nicht, starrte sie mich an. Ich fürchte, dass sie sogar zu Hause an mich gedacht hat. Im Bett. Stellen Sie sich vor: eine Zwei-Zentner-Frau!«

Auf Betriebsfesten wartete sie, bis alle anderen sich am Buffet bedient hatten, dann stand sie dort bis zum Ende und aß noch die Reste. Eine andere Beschäftigung blieb ihr auch nicht, denn man ließ sie stehen. Wenn sie sich zu Kollegen gesellte, zerstreute sich der Kreis. Und wenn sie den Mut aufbrachte, jemanden anzusprechen, verabschiedete der sich nach wenigen Sätzen oder tat gleich so, als hätte er ihren Kontaktversuch gar nicht wahrgenommen. Man wollte nicht mit ihr zusammen gesehen werden.

»Wer sich länger mit ihr unterhalten hätte«, sagte Seppelfricke, »wäre bald selbst gemobbt worden. Wir hatten mal so einen neuen Kollegen, dem passierte das. ›Na‹, fragte man ihn, ›scharf auf das Lachsröllchen? Sieh dich bloß vor, dass du immer oben liegst!‹ Es ging nämlich das Gerücht, sie habe ihren Mann versehentlich zu Tode gequetscht. In Wahrheit hat sie wohl nie einen gehabt.«

Von ihrem Privatleben wussten die Kollegen nicht viel. Man stellte sich ihre Abende als einsame Sofasitzungen vor, mit Tüten voller Chips und Pralinen bei laufendem Fernseher.

»Wenn ich mir vorstelle, dass sie am liebsten mich dabei gehabt hätte, schaudert es mich jetzt noch«, sagte Seppelfricke. »Natürlich war es schön, dass wir jemanden zum Hacken hatten. Doch mir ging sie schwer auf die Nerven, und irgendwann wollten alle sie loswerden. Selbst unsere härtesten Signale waren nicht durch ihre ungeheure Fettschicht gedrungen. Vermutlich ließ sie sich sogar gern quälen. Vielleicht brauchte sie die Hänseleien und die Witze als eine Form der Aufmerksamkeit. Oder sie blieb meinetwegen so hartnäckig.«

Einem Gesuch um ihre Versetzung wurde nicht stattgegeben. Allmählich, behauptete Seppelfricke, sei es so weit gekommen, dass die Kollegen selbst krank wurden am Arbeitsklima, und nicht die Frau, der sie es vergifteten. Birgit Fassbinder hätte womöglich äußerlich unbeschadet die Pensionsgrenze erreicht, wenn sie nicht auf der Weihnachtsfeier der Abteilung vor zwei Jahren ganz plötzlich dahingesunken wäre.

»Haben Sie mal von Mama Cass gehört?«, fragte mich Seppelfricke. »Von der amerikanischen Sängerin? Die war drei Zentner schwer. Die ist daran gestorben, dass sie sich verschluckt hat. An einem Schinkenbrötchen. Sie hatte zu gierig geschlungen und kriegte dann keine Luft mehr. Na ja, und so ungefähr ist es auf der Weihnachtsfeier auch unserer Frau Fassbinder ergangen. Schinken aß sie ja nicht, aber Lachsröllchen.«

»Sie hat sich tödlich an einem Lachsröllchen verschluckt?«, fragte ich ungläubig.

»Nomen est omen«, sagte Seppelfricke. »Natürlich musste ich erst einen Zahnstocher hineinschieben. Und damit dann hingehen zu ihr. Mein Gott, ich habe sie nie so glücklich gesehen wie in dem Augenblick, als ich ihr den Teller überreichte! Ja, ja, sie ist glücklich in die Ewigkeit eingegangen.« Er lächelte innig. »Seltsam, jetzt vermissen wir sie manchmal. Inzwischen haben wir sogar ein kleines Bild von ihr im Büro aufgestellt. An vielen Tagen stehen Blumen davor. Jetzt endlich mögen wir sie. Ja, irgendwie verehren wir sie sogar! Wir nennen sie: Unsere Madonna von Zahnstochau!«

Verstehe nur Bahnhof

Ich brauche zehn Euro für meine Fahrkarte«, lallte der Mann, der im befleckten Blouson eines Rinnsteinschläfers an der Fliesenwand lehnte. »Geben Sie mir, was Sie übrig haben.«

Karsten Kohbrock blieb stehen und betrachtete ihn verwundert. Der Mann schöpfte Hoffnung und stieß sich ein wenig von der Wand ab, so dass der lädierte Cola-Automat neben ihm genauso ins Schwanken geriet wie er selbst. »Zehn Euro für meine Fahrkarte!«

Kohbrock erwiderte freundlich: »Sehen Sie sich einmal in aller Ruhe den Bahnhof an! So ein herrliches Gebäude! Vergeuden Sie nicht Ihre Zeit hier im Tunnel!«

Bettina kicherte und hängte sich in seinen Arm. Sie hielt diese Antwort für besonders schlagfertig und originell. Wie sehr sie sich täuschte, muss sie schon innerhalb der nächsten Stunde gemerkt haben. Der Mann im Blouson schwankte noch ein wenig auf der Stelle und glotzte ihnen verständnislos nach, bevor er sich auf seinen Platz zurücksinken ließ.

»Es ist wirklich ein herrliches Gebäude«, versicherte Kohbrock, als sie die Rolltreppe zur Haupthalle betraten. »Wenn Sie Interesse haben, kann ich Ihnen einiges erzählen, bevor wir Kaffee trinken gehen.«

Während Bettina überlegte, befand er sich bereits mitten in einem Vortrag über die Pracht der Bahnhöfe. So erfuhr sie zum ersten Mal, dass die Halle, die sie täglich auf dem Weg zur Arbeit durchquerte, ein Meisterwerk gründerzeitlicher Baukunst darstellte. Ebenfalls war ihr bislang entgangen, dass das Gerippe aus Eisen und Glas, das die Bahnsteige überwölbte, auf siebenhundert gusseisernen Säulen ruhte. »Eine einzige davon in meinem Garten, und ich wäre froh«, warf sie ein. »Man könnte sie mit Efeu bewachsen lassen!« Aus dem flackernden Blick ihres Begleiters schloss sie, dass der Austausch privater Bemerkungen für später aufzuheben sei.

Sie war ja auch dankbar, dass sie sich bilden konnte. Ganz bewusst hatte sie in ihrer Kontaktanzeige keinen Lebensgefährten gesucht, sondern einen Partner für Hobby und Freizeit. Und dieser Karsten Kohbrock schien immerhin nicht nur Beruf oder Sport im Sinn zu haben. In seinem Brief zwar hatte er behauptet, er sei Ende vierzig. Und obgleich er bei seinem Vortrag erkennbar aufblühte, hatte sie den Eindruck, er sei Mitte fünfzig. Doch das würde vorerst nicht stören. Schließlich hatte sie sich selbst als Ende dreißig eingeführt.

Innerhalb der folgenden Stunde eines beschaulichen Spaziergangs im Lärm der Bahnhofshalle erlangte Bettina Kenntnis von einigen unverzichtbaren Details, die das Kappengewölbe des Eingangsbereichs und die kittlos verglasten Oberlichter betrafen. Die Freitreppe, die sie bislang ohne Ehrfurcht hinaufgestiegen war, erwies sich als Schöpfung aus Lausitzer Granit.

Weil Kohbrock ihre völlige Ahnungslosigkeit feststellte, hielt er es für angemessen, einen kleinen Schnellkurs einzuschieben über die unterschiedlichen Funktionen von Wagenschuppen, Güterschuppen und Lokomotivschuppen nebst angegliederten Maschinenhäusern, Werkstätten und Wasserstationen. Bettina lebte erst wieder auf, als er auf den Fürsten-Empfangsraum zu sprechen kam, jetzt leider Gepäckaufbewahrung, und auf die Droschkenstraße, die sich einst zwischen den Ankunftsbahnsteigen befunden habe.

»Ach, da sind die vornehmen Damen hier bis vor die Abteile gefahren?«, fragte sie. »Wohl, damit ihre Kleider nicht schmutzig wurden? Ich glaube, die Kleider reichten damals bis über die Füße? War das nicht so? Man musste sie raffen!«

Kohbrock verstummte für einen Moment. Auf den Rangiergleisen seines Gehirns schien er nach dem Anschluss zu suchen. Dann erklärte er: »Die Züge waren ja auch ganz anders gebaut.« Weil damit die Kleiderfrage noch nicht befriedigend gelöst schien, berichtete er von den weiß-grünen Fahnen, mit denen die ersten Züge geschmückt waren, und von Blumengirlanden auf den blank gescheuerten Kesseln der ersten Lokomotiven.

Nach anderthalb Stunden rußgeschwärzter Informationen fiel Bettina ein, dass sie noch etwas einkaufen wollte. Kohbrock stutzte und sah auf die Uhr. »Ich dachte, wir würden vielleicht noch Kaffee trinken? Wenn ich Sie einladen dürfte? Wir sind noch gar nicht dazu gekommen.«

»Beim nächsten Mal«, versprach Bettina.

Er lächelte dankbar: »Ich freue mich, wenn es ein nächstes Mal gibt. Und wo wollen wir uns dann treffen?«

Für dieses erste Rendezvous hatten sie sich auf den Osteingang des Hauptbahnhofs geeinigt, weil der für beide gleichermaßen leicht zu erreichen war. Das musste nicht unbedingt wiederholt werden. Kohbrock schlug vor: »Am Westeingang?«

Hier verspürte Bettina zum ersten Mal einen Anflug von

Zorn. Doch sie war es gewohnt, derartige Attacken zu unterdrücken.

»Oder am Botanischen Garten?«, entgegnete sie.

»Vielleicht später im Jahr«, meinte er lustlos. »Jetzt ist es zu kalt.« Es war Mai.

»Oder in der Kunsthalle?«, bot sie an.

Das löste bei ihm eine Kette angenehmer Assoziationen aus. »Natürlich!«, rief er. »Ich habe die Kunst vergessen!« Sie lachte glücklich, bis er erläuterte: »Die Figuren in der Westhalle, an den Fensterpfeilern, die Statuen! Das sind herrliche Kunstwerke! Jede einzelne kann ich Ihnen genau erklären! Alle stellen sie Berufe dar, die mit der Eisenbahn zu tun haben. Also, dann treffen wir uns ja wirklich am Westeingang! Wunderbar! Bis zum nächsten Mal!« Er drückte ihr warm die Hand und schien so froh, dass sie es nicht übers Herz brachte, zu widersprechen.

In den folgenden Tagen war sie nahe daran, das Treffen abzusagen. Stattdessen begab sie sich in die Unterführung und bestach den Mann am Cola-Automaten. Als sie das einen Tag später bereute, fand sie ihn nicht mehr. Doch er hatte sein Werk getan, erkannte sie mit einem Blick auf die Verankerung des Automaten; die Schrauben saßen bestürzend locker.

Unmittelbar vor dem Treffen erschien Karsten Kohbrock ihr wieder im Licht warmherziger Sympathie. Schließlich besaß er Qualitäten, nach denen sie lange vergeblich gesucht hatte: Verantwortungsbewusstsein, Bildung, Manieren. Wenn er den Kübel seiner Bahnhofskenntnisse einmal geleert haben würde, wäre er vermutlich auch zu anderen Gesprächen in der Lage.

Ihre Hoffnungen hätten nicht bitterer enttäuscht werden können. Nach einer umfassenden Auslegung der acht taubenbekleckerten Sandsteinfiguren leitete Kohbrock ungefragt über zu der längst fälligen Erläuterung der ehemals nach fünf Klassen unterschiedenen und kontrastierend ausgeschmückten Wartesäle. Ferner stellte er einen Besuch der oberen Terrasse in Aussicht, von der aus die Unterscheidung von Abfahrts-, Ankunfts-, Rangier- und Reservegleisen auch Laien wie Bettina möglich sein sollte.

Da sich in der verstrichenen Stunde ihre Wut über den Missbrauch ihres Gehörs ins Maßlose gesteigert hatte, unterbrach Bettina an dieser Stelle das Referat mit einem zauberhaften Lächeln und sprach: »Ich habe Durst.«

Kohbrock stockte und blickte sich Hilfe suchend um.

»Der Cola-Automat«, sagte sie. Er verstand nicht gleich. »In der Unterführung«, erläuterte sie, »da gibt es doch so einen Cola-Automaten. Ich fände es liebenswürdig, wenn Sie mir eine Dose ziehen.«

Auf dem Weg fielen dem Experten zwar noch technische Einzelheiten zu Treppenkonstruktionen ein, doch im Pissoirgestank der Unterführung erstarb sein Wissen. Angesichts der leeren Fliesenwand erinnerte er sich an den Mann, der ihn eine Woche zuvor um Unterstützung gebeten hatte; offenbar hatte er seine Karte bekommen.

Vor dem Automaten grub Kohbrock in seinen Taschen und fand nichts. »Ich habe kein Kleingeld«, sagte er verlegen.

»Machen Sie es wie der allererste Mann, den ich geliebt habe«, sagte Bettina lächelnd. »Ziehen Sie mir ohne Geld eine Dose.«

»Aber das geht doch nicht!«

»Wenn Sie tief genug hineingreifen?«

»Das kann man doch nicht machen!«

»Wollen Sie damit sagen, Sie sind nicht in der Lage dazu?«

»Man muss doch bezahlen!«

»Das können wir hinterher«, sagte Bettina und hielt die passende Münze hoch. »Ich möchte, dass Sie etwas für mich tun, was nur Sie tun können.«

Der unbescholtene Bauaufsichtsbeamte Kohbrock schluckte und näherte sich dem Automaten wie einem schlecht gezähmten Raubtier, das auf ein Opfer lauert. Und diesem Tier sollte er nun ins Maul greifen.

Er steckte vorsichtig die Hand in den Ausgabeschacht und tastete mit den Fingern nach oben.

»Das geht nicht«, sagte er erleichtert. »Ich komme nicht ran!«

Bettina blieb hart. »Sie müssen tiefer hineingreifen. Sie tun es für mich.«

Bettina Zahrnt, die inzwischen mit einem Holztechniker verheiratet ist, erzählte mir kopfschüttelnd, Kohbrock habe sich die Haut an den Metallkanten aufgerissen, mit so verzweifelter Anstrengung griff er nun in den Schacht.

Wirklich bekam er eine Dose zu fassen. Zumindest konnte er sie berühren. Und vielleicht hätte er sie sogar herausziehen können, wenn der Automat nur besser in der Wand verankert gewesen wäre.

Doch nun, da er heftiger an der Dose zog, begann sich das stählerne Wrack zu neigen. Kohbrock merkte es jetzt. Er versuchte, die Hand zurückzuziehen. Zu spät. Sie war festgeklemmt. Sein panisches Rütteln beschleunigte nur den Sturz des Ungetüms.

»Irgendwas brabbelte er noch«, erklärte mir Bettina. »Ich habe geantwortet: Verstehe nur Bahnhof. Aber das hat er wohl schon nicht mehr geschnallt. Wissen Sie, Eisenbahnfans sind schrecklich. Aber Bahnhofsfans sind das Letzte.«

Immerhin alarmierte sie damals das Aufsichtspersonal und

gehörte dann zu den mitfühlenden Zuschauern, als schwitzende Hilfskräfte die Zentnerlast von der Brust des Erdrückten wälzten.

»Was war nur mit dem Mann?«, erkundigte sie sich bei den Uniformierten. Ein Rettungssanitäter vermutete: »Der wollte wohl an das Geld im Automaten ran.« Sein Kollege korrigierte: »Nee, an die Dosen! Eine Dose wollte der klauen.«

Bettina sprach allen Umstehenden aus dem Herzen, als sie mit klarer Stimme erklärte: »Kriminalität zahlt sich nicht aus.«

Der Kuss der Pistenraupe

Im Licht leerer Nachmittage, und angesichts der Asche ihrer Leidenschaft, räumt Maren Seyfahrt ein, ihr Ehemann hätte ebenso gut am Leben bleiben können.

»Manchmal vermisse ich ihn sogar«, sagt sie. »Nicht gerade nachts, aber nachmittags, beim Tee zum Beispiel. Er hatte so etwas Heimeliges, Gemächliches, das mir um diese Stunde fehlt.« Das sei die Kehrseite seiner Umständlichkeit und seiner linkischen Art gewesen.

»Aber«, ergänzt sie, »natürlich hat seine frühe Abberufung auch ihr Gutes.« Zu diesem Guten gehört eine erstaunliche Witwenrente, die nebst Zuwendungen aus Seyfahrts Handelsunternehmen den komfortablen Genuss der nächsten Jahrzehnte ermöglicht.

Als sie im März vor drei Jahren der unwiderstehlichen Aufforderung eines Allgäuer Sportlehrers folgte und die Macht und die Herrlichkeit ihrer Begierde entdeckte, war Maren Seyfahrt gerade über einen deprimierenden vierzigsten Geburtstag hinweggekommen. Ihr Mann hatte den fünfzigsten noch nicht ganz erreicht, und ihrem Wunsch gemäß erreichte er ihn auch nicht mehr, es sei denn, die Zählung der Jahre wird – wie die Eskimos glauben – auch auf den Schneefeldern der Ewigkeit fortgesetzt.

Es war in dem außergewöhnlichen Winter, in welchem die Iller bis zur Donaumündung von Schlittschuhläufern befahren wurde und die heißen Quellen von Bad Gastein unter

einer Kuppel grünlichen Eises dampften. Das Ehepaar war in einen kleinen Ort südlich von Kempten gereist.
Armin Seyfahrt hatte sich gleich am ersten Tag in eine jener getäfelten Stuben zurückgezogen, in denen zu übersüßten Heimatklängen so genannte Vesperplatten und Bauernschnitzel serviert werden. Für ihn war es das zehnte Jahr, dass er seine Frau in die Hotels der Skigebiete begleitete, ihrem Wunsch gemäß; sie fühlte sich von seiner Anwesenheit gestärkt und beruhigt. Ihm selbst bedeuteten die Vergnügungen des Wintersports wenig. Er wollte die Beschwernisse des Winters nicht noch um die Anstrengungen das Sports vermehren und mochte sich kaum zu einer Wanderung aufraffen.
So saß er in den überheizten Jausenstationen, studierte Handelsblätter und die Ziffern schneefreier Terminmärkte und kümmerte sich wenig um den Zeitvertreib seiner Frau. Manches spricht dafür, dass er ihr die Affären mit den Matadoren der Steilhänge und Buckelpisten verziehen hätte, wenn sie überhaupt in den Bereich seiner Wahrnehmung gelangt wären. Doch das war nie der Fall.
Umso überflüssiger erscheint sein bizarres Ende, wenn nicht gerade sein Desinteresse den Groll seiner Frau geweckt hat, was wohl in diesem Winter der Fall war. Den Ausschlag für ihren fatalen Entschluss gab jedoch die Begegnung mit einem knapp dreißigjährigen Skilehrer, die über alles hinausging, was sie in den neun Wintern zuvor erlebt hatte.
Bis zu dieser Erschütterung hatte sie genug gehabt an den Flirts beim Einkehrschwung und in den Warteschlangen der Lifte, an flüchtigen Liebkosungen auf den Liegestühlen der Panorama-Terrassen mit dem Geruch von Sonnencreme und dem Geschmack Lippen schützenden Balsams. Sie hatte Küsse und Umarmungen erlebt im Schutz von

Waldschneisen und in der Dämmerung muffiger Unterstände, in den Umkleidekabinen eines schwefeligen Thermalbades und einmal sogar in den Abseiten des unterirdischen Tunnelsystems, über das die Hotels ihre Versorgung abwickeln.

All das hatte sie als knisternde Unterhaltung genossen und als aufregendes Spiel, das innerhalb der bequemen Ordnung ihres Lebens stattfand und zu dessen Regeln die rasche Vergänglichkeit gehörte. Diesmal kam es anders. Es war am Ende einer Übungsstunde mit dem Snowboard, das sie in diesem Jahr zum ersten Mal ausprobierte. Die übrigen Teilnehmer begaben sich bereits zu Sekt und Energy Drinks an die Schneebars, und sie wollte folgen, als der Lehrer sie beim Vornamen rief.

Sie hatte bei seinem Anblick bislang keinerlei Aufregung verspürt. Jetzt kam er ihr so nahe, dass sie seine Wildheit zu riechen meinte. Es sei der Duft der gefällten Wälder gewesen und der von Schneekanonen begrabenen Erde und aller im Stausee ertränkten Wildbäche. Der Mann hätte gar nichts zu sagen brauchen. Aber er stellte eine Frage, die einem Befehl gleichkam, und er stellte sie mit einer so selbstgewissen Unverschämtheit, dass Maren sofort zustimmte.

Ihr Gatte bemerkte ihre Erschütterung nicht, als sie sich am Abend an den reservierten Tisch setzte. Das erstaunte sie zuerst, dann empörte es sie. In seinem Mangel an Wahrnehmung erkannte sie auf einmal den Mangel an Empfindung und Kraft. Und zum ersten Mal empfand sie ihn als erbärmlich und störend. Nicht nur, weil nach all den Wintern, in denen ihr die Dämmerung genügt hatte, sie jetzt die ungekürzte Spanne der Nächte brauchte.

Sie erkannte überdies den verfetteten Machthaber, der ihr einen schalen Abglanz des Lebens als das Leben selbst vorgesetzt hatte und der die Beruhigungsmittel des Wohlstandes benutzte, um ihre Leidenschaft zu beerdigen. Er war das bemooste Denkmal ihrer vergeudeten Jahre, und dieses Denkmal musste fallen wie die Denkmale jeder überlebten Diktatur.

Der Skilehrer erklärte sich einverstanden, und das spricht dafür, dass auch für ihn diese Begegnung alle gewöhnlichen Amouren hinter sich ließ; es sei denn, er hat häufiger an solch letalen Plänen mitgewirkt und tut es womöglich heute noch. Doch vermutlich hat er an die Zukunft geglaubt und war wie Maren davon überzeugt, dass die Vorteile eines schnellen Ablebens die Mühsal einer langwierigen Trennung entschieden überwogen.

Dann zeigte sich, dass das gemeinsame Projekt ihre Leidenschaft noch anfachte.

Armin Seyfahrt hielt es für einen Zufall oder gar für eigenes Verdienst, dass er an einem der folgenden Tage mit einem Arzt ins Gespräch kam, der sich im Kaminzimmer des Restaurants »Grüntenblick« an seinen Tisch gesellte. Der Arzt wiederum fühlte sich als verschwiegener Wohltäter; er war von einer besorgten Ehefrau gebeten worden, ihrem phlegmatischen Mann zu mehr Gesundheit zu verhelfen, und zwar durch das Verordnen leichter Bewegung.

Da bei Armin Seyfahrt sich um diese Zeit ein Leiden zurückgemeldet hatte, das Anhänger der sitzenden Lebensart ereilt, ließ er sich am Ende überzeugen, zumal die Märkte stagnierten und im Ort kein einziges Lokal ohne Jodelmusik zu finden war. Glücklicherweise wusste der Arzt einen Skilehrer, der auch Unsportliche mit Humor und Nachsicht in die Geheimnisse des Schneepflugs einweihen konnte und der Armin Seyfahrt nichts anderes zumuten würde als einsame, flache Genusshänge.

Als Seyfahrt seiner Frau von der Idee berichtete, liebte sie ihn mit so viel Hingabe, dass er sich wunderte, weshalb ihm ein derartig beflügelnder Einfall so spät gekommen war.
Am fünften Nachmittag seines Privatunterrichtes und nach verschwenderischem Lob seines Lehrers, der sich an einen derartig begabten Spätanfänger partout nicht erinnern konnte, ließ Seyfahrt sich zu einer originelleren Abfahrt bewegen. Immer noch einfach, nämlich schnurgerade, führte sie durch eine breite Waldschneise, an deren Ausgang der Lehrer mit einer Flasche Champagner warten würde.
Während Seyfahrt den Hügel hinanstieg, bat sein Lehrer einen Arbeiter, mit der Pistenraupe ein paar Unebenheiten unterhalb der Schneise zu beseitigen. Als das stählerne Ungeziefer genau im Ziel der Abfahrt stand, lud er den Arbeiter ein, mit ihm ein Glas Enzian zu nehmen. Bevor die beiden um den Hügel herum verschwanden, wandte der Lehrer sich noch einmal um und sah, wie sein gelehriger Schüler in Schussfahrt aus dem Wald herausschnellte und in rekordverdächtigem Tempo auf die Raupe zu raste. Er winkte ihm aufmunternd zu.
Die Nachricht vom Ableben des Mannes erreichte den Skilehrer erst Stunden später bei einem Teller Backerbsensuppe. Er reagierte zutiefst betroffen, zumal er den Mann immer vor jener Schneise gewarnt habe.
Obgleich er sofort aufbrach, kam er zu spät, um pietätlose Fotoreporter an der Ablichtung des Schauplatzes zu hindern. Sie umschwärmten das Bild bereits mit Scheinwerfern und Exklusivrechten. Ebenso vergeblich versuchte er bei seinem Kondolenzbesuch am folgenden Tag, die Witwe vor dem Anblick der Zeitungsberichte zu bewahren. Auf den Fotos sah es so aus, als habe der unglückselige Skifah-

rer in verzweifelter Liebesumarmung die Pistenraupe zu durchdringen versucht.

Die Witwe reiste ab und ist weder in den Ort zurückgekehrt, noch hat sie Sehnsucht nach einem seiner Bewohner verspürt. Für den Skilehrer mag es ein kleiner Trost gewesen sein, dass der Führer der Pistenraupe wegen grober Fahrlässigkeit entlassen wurde.

»Warum meine Leidenschaft plötzlich erloschen war, weiß ich nicht«, seufzt Maren Seyfahrt. »Manchmal führt das Schicksal zwei Menschen zusammen, nur damit ein dritter gezeugt wird; dann trennt es sie wieder. Und manchmal führt es zwei zusammen, nur damit ein dritter abberufen wird. Es ist ein ewiges Stirb und Werde, und wir Menschen sollten nicht versuchen, dieses Geheimnis zu enträtseln.«

Ein Neandertaler

Die Nacht des 13. April 1997 gestaltete Stefanie Habicht nach eigener Aussage zur aufregendsten im Leben des Studenten Marco Pfister. Und wahrhaftig dürfte ihr Vorschlag bis heute einmalig geblieben sein.
Damals war sie zwanzig Jahre alt und verfügte bereits über alle Mittel, Männer vom Urelement des Weiblichen zu überzeugen. Außerdem jedoch war sie geschickt genug, dieses Urelement gegen männliches Eindringen zu verteidigen.
Aus diesem Grund gilt Marco Pfister bis heute als verschollen. Seine Eltern glauben, er sei heimlich ausgewandert. In gewisser Hinsicht stimmt das auch. Nur ist er nicht in ein anderes Land ausgewandert, sondern in eine andere Zeit. Und es ist unwahrscheinlich, dass er von dort zurückkehrt.
Im Frühjahr 1997 befanden sich beide unabhängig voneinander im Süden Frankreichs im Tal der Ardèche. Während in ihrer schwäbischen Heimat Hagelschauer niedergingen, waren die Tage hier wolkenlos, die Wärme hielt sich bis in die Dämmerung, und am südlichen Ende der Schlucht, an dem Marco sein Zelt aufgeschlagen hatte, war die Nacht erfüllt vom Duft des Thymians und der wilden Rosen. In jene Talenge, in der sich der Fluss tief in das Kalkmassiv des Bas Vivarais gegraben hat, gelangten niemals Touristen, allenfalls verschworene Gruppen wie die Mädchen um Stefanie, die damals Riten der Weiblichkeit feierten; oder aber ernsthafte Höhlenforscher, zu ihnen zählte Marco.

Er war siebenundzwanzig Jahre alt und studierte in Tübingen ein Fach namens Speläologie. Er hatte Exkursionen in die Grotten der Donauversickerungen und in die Bestattungshöhlen des Salzkammerguts hinter sich, war in den Blautopf getaucht und hatte eine langatmige Erörterung über die Technologie vorgeschichtlicher Speerschleudern veröffentlicht.

Die Fahrt an die Ardèche war eine geheime Forschungsreise auf eigene Rechnung und eigene Faust. An dem Montag, an dem Stefanie im Café von Pont St. Esprit über seine leuchtenden Augen erschrak, hatte er bereits zehn Tage lang am Fuß eines weißen Felsens kampiert, hatte vergeblich die Geröllhalden abgesucht und das Geflecht kratziger Zwergsträucher durchkämmt, ohne den Eingang einer Höhle zu finden.

Doch am Vormittag jenes 13. April war ihm an einem flachen Hang ein eigentümlicher Luftzug aufgefallen. Er hatte eine Rauchpatrone gezündet und aufgeregt die Richtung der Schwaden verfolgt. In wilder Gewissheit räumte er Felsbrocken und kleinere Steine beiseite und beugte sich über ein Loch, das gerade groß genug war, dass er sich hindurchquetschen konnte. Pochenden Herzens wand er sich durch einen engen Gang, der sich am Ende unverhofft auftat zu einer Galerie.

Marco kam auf einem Felsvorsprung zum Stehen. Unter ihm fiel die Wand steil ab. Das Ausmaß der Höhle ließ ihm den Atem stocken. Im schwachen Licht der Stirnlampe erkannte er weiße Tropfsteinsäulen, die sich wie die Pfeiler einer Kathedrale in den dunklen Hintergrund staffelten. Der Boden schien überzogen mit funkelnden Kristallen. An den Wänden glaubte er, helle Gravuren zu erkennen, auch rote und schwarze Linien, die Andeutungen von Zeichnungen.

Er verschluckte sich in einem Anfall ekstatischer Panik. Er hatte eine Bilderhöhle entdeckt! Wenn er sich nicht täuschte, handelte es sich um eine wissenschaftliche Sensation. Das geringste Foto würde ihn mit einem Schlag berühmt machen. Er war der Entdecker. Die Höhle würde nach ihm benannt werden. Er musste den Fund nur einen einzigen Tag lang geheim halten.

Er kroch zurück, räumte Geröll vor den Eingang und fuhr in die Stadt, um Seile und eine stärkere Lampe zu kaufen. Lediglich, um seinen Sieg zu feiern, betrat er das »Café des Artistes« und bestellte einen Milchkaffee. Er merkte, dass eine dunkelhaarige Frau ihn anstarrte, und fürchtete, sie habe seinen Akzent erkannt. Als er sich abwandte, sprach sie ihn auf Deutsch an.

Zuerst wollte er nicht darauf eingehen. Doch er hatte zehn Tage in eremitenhafter Abgeschiedenheit zugebracht, und sie sah schön und unerfahren aus. Auch gab es nicht den mindesten Grund, an ihrer Geschichte zu zweifeln: Sie habe sich auf der gemeinsamen Reise in Avignon mit einer Freundin zerstritten und war nun allein auf dem Weg zur Loire. Als sie sich vorbeugte, um ihre Serviette aufzuheben, entschloss er sich, sie für eine Nacht mitzunehmen und nichts zu verraten.

»Wir saßen damals zu viert im Café«, erzählte mir Stefanie fünf Jahre später. »Wir hatten diesen räudigen Kerl schon häufiger beobachtet. Immer schlich er enttäuscht und abgekämpft durch die Gassen. An diesem Tag jedoch hatte er einen Glanz in den Augen, der uns in Alarm versetzte. Als ich mit ihm ging, fühlte ich mich wie die Agentin einer schlagkräftigen Spezialeinheit.«

Weil sie glaubte, sie dürfe keine Zeit verlieren, warf sie nur einen kurzen Blick in sein Zelt und sagte: »Nicht hier.«

Er war überrascht, aber einverstanden. Er glaubte wohl, es sei ihr zu eng, und breitete lachend die Arme aus, als stände das ganze Tal zur Verfügung: »Bitte sehr, wo immer du willst!«

Stefanie sagte: »In der Höhle, die du entdeckt hast.«

Als er sie fassungslos anstarrte, hauchte sie ihm einen Kuss auf die Lippen. »Ich habe es an deinen Augen gesehen.«

In dem verhängnisvollen Fehlschluss, mit dieser Frau könne er alles teilen, schulterte er die Seilrolle, nahm das Werkzeug, reichte ihr die Lampe, und schon stiegen sie durch Gestrüpp und Geröll hinauf zum Eingang der Höhle.

Weil sie kleiner und beweglicher war, ließ er sie vorankriechen.

Drinnen, auf dem Felsvorsprung der Galerie, stellte er die neue Lampe auf. Es war, als würde ein Palast erleuchtet.

»Der Anblick traf mich wie ein plötzlicher Schmerz«, erzählte Stefanie mir in Berlin. »Zuerst wusste ich nicht, weshalb.«

Sie sah die Stalagmiten wie Kakteen aus dem Boden wachsen. An einer Stelle hatte ein Beben die Tropfsteinsäulen einstürzen lassen; sie lagen übereinander wie die heiligen Trümmer einer griechischen Orakelstätte. Kupferfarbene Sintervorhänge hingen von der Decke. Die Wände waren mit glitzernden Kalzitschichten überzogen. Darunter prangte die unwahrscheinlichste Bilderausstellung steinzeitlicher Künstler.

Wenn es sich nicht um Fälschungen handelte, übertraf diese Entdeckung alles bislang Erforschte. Es gab helle, gravierte Darstellungen von Hirschen, Pferden und Mammuts, daneben Reihen von Nashörnern in perspektivischer Darstellung, einen Fries voranstürmender roter Löwen, die Abbildungen von Händen mit Fingerhaltungen wie auf indischen Heiligenbildern und die hieroglyphenhaften Zeichen einer steinzeitlichen Religion. Die Folge der Bilder zog sich bis weit ins Dämmer der hinteren Höhle, sie schien nicht zu enden.

»Und ganz weit hinten«, erzählte Stefanie, »sah ich das seltsame Zwitterwesen eines Menschen mit Wisentkopf. Da wusste ich, weshalb mich der Anblick schmerzte. Nun erkannte ich sie. Es war die Höhle, die niemand sonst kannte, die Höhle der Frauen. Unsere Höhle. Er hatte einen anderen Zugang entdeckt.«

»Was für ein Prunk!«, hatte Marco damals gemurmelt. »Es ist atemberaubend!«

»Ja«, sagte sie, »und du bist der Entdecker.« Sie strich ihm übers Haar. Dann packte sie ihn bei den Schultern. »Komm! Ich möchte dich lieben, du Abenteurer! Dort unten auf dem Boden der Höhle, wie die wilden Liebenden der Urzeit!«

Zum Spaß – das glaubte er jedenfalls – legte sie das Seil in rituellen Kreisen und Schlingen aus, »in den Fruchtbarkeitssymbolen der Neandertaler«. Erst dann durfte er es hinunterlassen, und sie kletterte voran.

Als er sie unten stehen sah, umgeben vom Strahlenglanz der mineralischen Pracht, umrahmt von den Werken vorgeschichtlicher Helden, von lockenden Vulven und bohrenden Phallen, muss ihn der Übermut gepackt haben. Sonst hätte er sich besser vorgesehen.

»Ja!«, rief er. »Lass es uns machen, wie sie es in der Urzeit getrieben haben! Wild und rücksichtlos! Wie die Neandertaler!«

»Dann komm runter, du Affe«, sagte sie und riss kurz und kräftig an dem Seil, denn endlich war er in eine der Schlingen getreten, die sie ausgelegt hatte. Mit einem unwürdigen Schrei stürzte er ins Leere und verfing sich kopfüber im Seil.

Nun sah er aus wie der Gehängte im Tarot-Spiel, nur dass er nicht still hing, sondern hin und her schwang, wie das mächtige Pendel einer die Jahrtausende überbrückenden Uhr, und sein Schatten huschte über die Zeichnungen der lauernden Tiere und erweckte sie zu flackerndem Leben.

»Die Erde ist weiblich, die Höhle ist mütterlich«, erklärte mir Stefanie Habicht. »Es kann nicht Sache von Männern sein, sie auszumessen und in Besitz zu nehmen.«

An einem Novemberabend saßen wir im Literaturhaus der Fasanenstraße. Am Nachmittag hatte sie auf einem Symposium für Frauenforschung ihr Referat gehalten, über mythische Erdgöttinnen und weltgebärende Urmütter.

Die Grotte in jenem kalkigen Hang über dem Unterlauf der Ardèche, erzählte sie mir, sei bislang nicht wieder betreten worden. Sie habe damals mit ihrer Gruppe von weisen Frauen beide Zugänge versperrt und versteckt.

Sollte Marco Pfister ihr einziges Opfer geblieben sein, hängt er also immer noch ganz allein zwei Meter unter dem Felsvorsprung und zwei Meter über dem Boden und entziffert, kopfüber ins Dunkel versunken, die rätselhaften Bilder der Urzeit.

Anerkennendes Nicken

Im Fußball ist alles möglich, sagen die Reporter. Sie meinen damit, dass eine hoffnungslos zurückliegende Mannschaft noch in den Schlussminuten drei Tore aufholen und sogar gewinnen kann. Oder dass eine überlegene Mannschaft das ganze Spiel über stürmt, während die schwache nur ein einziges Mal über die Mittellinie gelangt und prompt das Siegtor erzielt.

Es kann vorkommen, dass ein Mittelstürmer nach der Einnahme eines Energy Drinks – wie jüngst beim FC St. Pauli – die Seiten verwechselt, den Ball auf das eigene Tor zutreibt und am verdutzten Schlussmann vorbei ins Netz trifft. Es ist ebenso möglich, dass ein Torwart, wie vor zwei Sommern in Cottbus, durch einen weiten Abschlag ganz allein ein Tor erzielt; lediglich ein gegnerischer Verteidiger berührte den Ball.

Dem Architekten Detlev Pöppelmann ist es im letzten Jahr seines Studiums gelungen, einen Torhüter namens Dietz durch einen perfekt platzierten Elfmeter in die unendlichen Stadien des Himmels zu schicken. Und das schaffte er, ohne dass der Ball den Torhüter auch nur mit einem Lufthauch berührte.

Alles ist möglich, doch zuweilen muss nachgeholfen werden. Pöppelmann hatte ein Semester Vorbereitung auf sein endgültiges Tor verschwendet. Ob es überhaupt als Tor gelten konnte, blieb übrigens zwischen beiden Mannschaften strittig. Auch Pöppelmanns Vorschlag, das Spiel nach einer stillen Gedenkminute auf dem benachbarten Platz fortzusetzen, fand keine ungeteilte Zustimmung. Doch darauf kam es nicht an.

»Dietz war für alle Ewigkeit vom Platz gestellt worden«, frohlockt Pöppelmann heute. »Das war der eigentliche Sieg.«

Es war ein Sieg aus Rache. Ein Strafstoß aus niederen Beweggründen. Wer Pöppelmann heute begegnet, wird das kaum glauben. In den letzten Jahren ist er zu einem der führenden Baumeister Deutschlands geworden. Etliche Hotel- und Kaufhausbauten in den neuen Ländern, namentlich solche in alten Fassaden, sind in seinem Büro entworfen und von ihm begleitet worden. Zurzeit ist er mit einer bedeutenden historischen Rekonstruktion beschäftigt.

Pöppelmann entstammt einer alten Architektenfamilie, woraus sich sein rechthaberisches Selbstbewusstsein und sein aristokratischer Dünkel herleiten mögen. Die geladenen Reporter, denen er im Herbst sein Konzept einer Retortenstadt in China vorstellte und zu denen ich gehörte, rümpften die Nase, sobald er sich verabschiedet hatte. Ich ging ihm noch nach, denn ich hatte seine schattenhafte Aura entdeckt.

Sein Opfer, Bernd Dietz, Dozent für Statik an der Architekturhochschule, hatte den unverzeihlichen Fehler begangen, den Studenten Pöppelmann durch eine entscheidende Prüfung fallen zu lassen. Das war im Frühjahr 1992. Pöppelmann, der Zurücksetzungen dieser Art nicht dulden konnte, erforschte in den folgenden Wochen die Lebensgewohnheiten des Dozenten, aus dem einzigen Grund, ihm seine Statik-Kenntnisse mit letzter Konsequenz zu beweisen.

Im Juni desselben Jahres genoss Pöppelmann als Zuschauer einige dilettantische Fußballspiele, zu denen sich Studenten und Dozenten an Freitagnachmittagen trafen. Dietz zählte zu den begabteren; er bewies ein gewisses Talent als Torwart.

Während des umständlichen Gekickes schritt Pöppelmann mit heiterer Miene das Spielfeld ab, hockte sich an die imaginären Eckfahnen und stand mit gerunzelten Brauen hinter den maroden Torpfosten. Nachdem er sich für ein Tor entschieden hatte, wandte er einiges Geld daran, während der Semesterferien bei einem für Standards berühmten Spieler der Münchener Löwen Unterricht zu nehmen, und zwar vorwiegend in einer Disziplin: im Elfmeterschießen. Um seine Treffsicherheit zu vervollkommnen, übte Pöppelmann mit erschöpfender Konsequenz. Er merkte, dass er denselben Fleiß ebenso gut ein paar Monate zuvor hätte aufbringen können, zur Vorbereitung auf seine Statik-Prüfung.

»Aber so ist der Mensch«, belehrte er mich zehn Jahre danach. »Viel mehr als für den Aufbau strengt er sich für die Zerstörung an.« Ob das nun für jeden Menschen gilt oder nicht – für den Studenten Pöppelmann im Jahre 1992 galt es.

Im September, als er ein leidlicher Spieler und ein exzellenter Elfmeter-Schütze geworden war, begab er sich zu den Freitags-Kickern und bat bescheiden um Aufnahme. Innerhalb weniger Wochen galt er als Vorbild an Fairness und Teamgeist, zumal er eigene Verdienste zurückstellte und anderen das Toreschießen überließ.

An einem Donnerstag, am 15. Oktober 1992, begab Pöppelmann sich in der Dämmerung allein zu dem verwaisten Sportplatz. Er hatte einen Werkzeugkasten dabei mit fünf verschiedenen Feilen und ausgewählten Sägeblättern. Doch erwies sich die Arbeit, die er zu verrichten vorfand, als viel weniger aufwendig, als er erwartet hatte. Fast war er enttäuscht. Heute behauptet er, das Holz sei so faulig gewesen, dass er eigentlich gar nichts zu manipulieren brauchte; wenn er es dennoch getan habe, dann nur aus künstlerischem Ehrgeiz, mit dem Stolz des Statikers.

Am folgenden Tag stolperte er im Strafraum theatralisch über das Bein eines Verteidigers. Niemand wollte behaupten, Pöppelmann habe das absichtlich getan. Das wäre nicht seine Art gewesen. Man gönnte dem bescheidenen Mann seinen Elfmeter.

Die anderen Spieler behaupteten später, er habe den Ball in die äußerste rechte Ecke platzieren wollen, genau in jene, in welche sein ehemaliger Prüfer, der Tormann Dietz, sich vergeblich warf.

Doch Dietz konnte den scharf geschossenen Ball nicht erreichen. Das Leder prallte hart gegen den Pfosten. Nichts anderes hatte der Schütze beabsichtigt. Pöppelmann hatte den perfekten Punkt getroffen, mit perfekter Wucht. Er war der Einzige, der nicht im Mindesten überrascht war, als in einem Sekundenblitz den Gesetzen der Statik Genüge getan ward: Die am Vorabend gelockerte Latte stürzte herab und schlug hart und exakt im Nacken des Statik-Dozenten auf.

»Wenn Dietz wirklich ein fairer Prüfer war«, meint Pöppelmann heute, »dann muss er mir posthum dafür die Bestnote gegeben haben. Und ich glaube auch, er hat es getan. Die anderen Spieler waren viel zu aufgeregt, aber ich habe es gesehen: Die letzte Kopfbewegung, als er da unten lag, seine allerletzte Geste, war, wenn auch kaum merklich, ein anerkennendes Nicken.«

Auf silbernen Wassern

Als Mann begreifen Sie das vielleicht«, sagt Ruth Brendel. »Ich begreife es nicht. Er wollte sein Unvermögen nicht eingestehen. Er erfand die abenteuerlichsten Ausreden: Krankheit, Verletzungen, schlechte Tage. Einfach zuzugeben, dass er es nicht konnte, war ihm unvorstellbar. Ich wusste natürlich davon. Aber niemand sonst. Er beschwor mich, kein Wort zu sagen, vor allem nicht, als wir mit den anderen an die Havelseen fuhren. Ich bin sicher, niemand hätte ihn verspottet. Doch er wollte es partout geheim halten. Und so ist er dann gestorben. Mit seinem Geheimnis. Und durch sein Geheimnis. Hätte er rechtzeitig darüber geredet, würde er noch leben. Solche Verschwiegenheit nenne ich männlich.«

Doch Ruth Brendel hat selbst ein Geheimnis. Obwohl etliche Freunde das Ende Ihres Mannes miterlebten, durchschaute keiner die genauen Umstände. Sie hat bis heute zu niemandem darüber gesprochen. Selbst ihre Lebensgefährtin wiegt sich in dem Glauben, der Tischlermeister Fred Brendel sei in jenem Sommer 1989 ganz ohne äußeren Einfluss gestorben. Oder sie will das glauben. Denn im Frühling desselben Jahres hatte Ruth sich in sie verliebt und sie sich in Ruth. Anzunehmen, dass das einzige Hindernis dieser Liebe, eben Fred, alsbald zufällig aus dem Leben schied, setzt allerdings eine gewisse Einfalt voraus.

Ich lernte die beiden Frauen kennen, als ich in Berlin nach

einem Porträtfotografen für mein Patenkind suchte. Beim Herumfragen wurde ich immer wieder nach Potsdam verwiesen, ins Atelier Brendel und Schumann; die beiden hatten sich als Kinderfotografen einen hervorragenden Ruf erworben.
Ruth Brendel besaß blitzende Augen und den Schneid eines Husaren. Frau Schumann wirkte neben ihr unscheinbar, doch kümmerte sie sich einfühlsam um den kleinen Jungen. Während sie mit ihm spielte und die Porträtbühne ausleuchtete, hatte ich Zeit, Ruth Brendel auf ein Foto anzusprechen, das am Eingang hing.
Es war eine Nachtaufnahme. Merkwürdig unscharf zeigte sie die Silhouette eines Mannes vor nahezu vollem Mond. Es handele sich um ein Foto ihres verstorbenen Gatten, erklärte sie. Sie habe es nicht aus Pietät aufgehängt, sondern »um mir immer vor Augen zu halten, wie schlecht es mir einmal gegangen ist«.
Im Sommer 1989 hatten Ruth und Fred Brendel mit zwei befreundeten Paaren in der Wasserlandschaft zwischen Potsdam und Brandenburg Urlaub gemacht. Als Quartier war ihnen das Ferienheim Trebelsee zugewiesen worden. Am Tag des Unglücks hatten sie mit Stechpaddeln eine Bootspartie unternommen.
In einem jener länglichen Mannschaftskanadier, die schnell, jedoch ein wenig kippelig sind, waren sie unter Absingen altmodischer Lieder und mit viel Gelächter bis nach Klein Kreutz gelangt, hatten dort lange beim Kaffee gesessen und waren dann, die Männer nun mit spürbarem Muskelkater, zur Rückfahrt aufgebrochen.
Wegen der verworrenen Schlingen und Schleifen der Havel hatten sie die Entfernung unterschätzt, nun mussten sie auch noch gegen den Strom paddeln. Es ging also langsa-

mer, und bald war abzusehen, dass sie den Trebelsee erst bei Dunkelheit erreichen würden. Doch der Himmel war klar, also würde der Mond ihnen leuchten. Diese Aussicht steigerte ihre Stimmung.

Sie glitten durch warmes Licht und kühle Schatten und durch die zitternden Quecksilberflächen, die der Wind aufs Wasser blies. Sie duckten sich unter Kopfweiden und teilten Teppiche von Wasserlinsen. Sumpfige Landestellen und schiefe Koppelzäune wurden von ihren Bugwellen benetzt. In undurchdringlichen Schilfwäldern verebbte das Rauschen ihrer Wellen. Und einmal stand ein Kind am Ufer, das ihnen stumm und traurig nachsah.

Während die drei Männer unabgelöst auf den Bänken saßen, wechselten sich auf dem vierten Platz zwei Frauen ab. Ruth war entlastet, denn sie hatte die Reise mit einem Gipsverband angetreten, den niemand in Frage stellte. Weil sie immerhin ihre Finger bewegen konnte, saß sie mit dem Fotoapparat im Bug.

Kaum eines ihrer Bilder konnte später entwickelt werden, nur das entscheidende, dasjenige nämlich von Fred im Mondlicht, um dessentwillen allein sie den Apparat mitgenommen hatte, überlebte die Ereignisse. Zunächst aber, um dieses Foto vorzubereiten, machte sie Aufnahmen von den anderen, wenn die sich lachend in Positur setzten, oder von der blinkenden Spur, die das Boot hinterließ, von den tropfenden Perlen der Ruderblätter, von einem Wrack am Ufer, an dem Wasserhühner planschten, und von den blauen Libellen, die neben ihr in der Luft stehen blieben und sie mit ungeheuren Augen glasig anstarrten.

Als die Sonne niedriger ging, merkte Ruth, dass Fred unruhig wurde, ohne dass ein Grund zu erkennen war. Sie fürchtete eine Ahnung, die im Nahen des Endes aus dem Morast seiner Eingeweide aufstieg, und wollte verhindern, dass etwas davon ans Bewusstsein drang. Sie stimmte ein sentimentales Abendlied der Pioniere an, die anderen fielen müde ein, Fred brummte mit und verlor sich auf den Spielwiesen seiner Erinnerung.

Mit dem letzten Licht verschwanden die Wolken der tanzenden Eintagsfliegen. Und der durchsichtige Falter, der das Boot eine Weile begleitet hatte und auf einer roten Bluse gelandet war, erhob sich plötzlich und flatterte davon.

Das Wasser war beinahe schwarz. Als Letztes sahen sie ein archaisches Tier, einen sonderbar großen Molch, der langsam und dämonenhaft zwischen dem Kraut umherruderte. Einer scherzte: »Ein spionierendes Amphibienfahrzeug!« Und ein anderer: »Sowjetisches Unterseeboot der neuesten Klasse!«

Damit war die Stimmung wiederhergestellt, die Ruth für den letzten Atemzug ihres Mannes brauchte, die heiter sein sollte, am liebsten laut und nicht gedämpft von Dunkelangst oder Melancholie.

Sie waren jetzt beinahe wieder am Trebelsee, und es war Zeit, das letzte Bier auszuteilen. Sie lagen einen Augenblick still und hörten einen dunklen Laut, der aus dem Schilf kam, zart und drohend, und von dem sie nicht wussten, ob er zu den Vögeln gehörte, die bald darauf in lautlosem Gaukelspiel über ihnen aufstiegen. Ruth forderte sie auf, Witze zum Besten zu geben.

Damals war der sozialistische Staat bereits aus den Fugen geraten, und Spott und Hohn machten unangefochten die Runde. Der Leiter des Ferienheims am Trebelsee konnte sich bei der Befragung durch die Polizei an das trunkene Gelächter erinnern, das über das Wasser schallte, ohne dass man sehen konnte, woher.

Aber dann ging der Mond auf. Er leuchtete die schwarzen Buchten aus und malte für den letzten Auftritt Freds eine Silberstraße aufs Wasser.
»Das gibt fantastische Nachtaufnahmen«, behauptete Ruth und versuchte sich an langen Belichtungszeiten, bevor sie den Blitz über den See zucken ließ.
»Ach, Fred!«, rief sie, als komme ihr dieser Einfall erst jetzt. »Ich möchte dich einmal im Mondschein aufnehmen! Im Gegenlicht!«
»Das ist romantisch!«, rief eine der Freundinnen. Und der Paddler neben ihr: »Vor allem mit seiner Nase! Die optimale Silhouette!«
Ruth spähte durch den Sucher und bewegte die Kamera für den besten Bildausschnitt hin und her. »Nein«, sagte sie dann. »Du musst aufstehen!«
Fred wollte kein Spielverderber sein. Er erhob sich.
»Jetzt sieht er aus wie ein Westernheld«, sagte ein Freund. »Wie ein Werwolf!«, der andere. Sie lachten. Fred hätte jetzt reden müssen. Aber in dieser Stimmung hätte er wohl tatsächlich nichts als Gelächter geerntet.
Ruth Brendel meint, im letzten Augenblick seien sich noch einmal ihre Blicke begegnet. Dabei habe er sie erkannt und zugleich jeden Widerstand aufgegeben. Das war kurz bevor sie »Huch!« rief und dann: »Nicht so wippen, Fred!«
Aber da entglitt ihr schon die Kamera. Sie schrie auf und streckte sich danach. Schon beugten andere sich helfend über Bord. Fred fuchtelte mit den Armen. Dann verlor er das Gleichgewicht. Und mit ihm kippte die ganze Gesellschaft kreischend aus dem Kahn.
Jemand spürte das Holz eines Paddels am Kopf. Sie schluckten Wasser und prusteten. Einer lachte schon. Und

Ruth rief: »Fred, los! Mach deine Ertrinkenden-Nummer! Das kann er nämlich so gut!«
Tatsächlich klang Freds Schreien echt, aber die anderen lärmten dazwischen. »Meine Ohren sind nass!«, brüllte einer, der neben Fred ein gewaltiges Getöse entfachte. Seine Frau schrie von weiter weg: »Dann hörst du mich wieder!« Die Freundin lachte. Jemand brüllte: »Wir gehen jetzt nur noch nachts baden!« Ruth rief: »Aber Fred soll seine Nummer beim nächsten Mal etwas eher ankündigen!«
Und so, unter Johlen und Schnauben und Lachen und Fluchen, schwammen sie an verschiedenen Stellen an Land. Einer schaffte es sogar, in der Dunkelheit das Boot umzudrehen und drei der Paddel zu bergen.
Der Abend war warm. Trotzdem froren sie, als sie einander am Ufer suchten.
»Es ist meine Schuld!«, sagte Ruth, als sie die erste Freundin traf. »Aber immerhin, den Fotoapparat habe ich gerettet!«
»Ach was, es war Freds Schuld«, sagte die. »Warum muss der blöde Kerl plötzlich so wippen!«
Ruth vernahm es dankbar. »Er wollte wohl einen Scherz machen«, entschuldigte sie ihn.
»Den Fred hänge ich persönlich zum Trocknen auf!«, polterte der Freund, der das Boot an Land brachte.
»Hier, Fred, hier sind wir!«, rief Ruth in die Dunkelheit. »Wir sind nicht böse! Du brauchst dich nicht zu verstecken.«
Doch Fred wollte sich partout nicht zu ihnen gesellen. Erst der Leiter des Ferienheims, der eine Stunde später mit seinem Motorboot und einem Scheinwerfer den See absuchte, fand ihn auf den silbernen Wassern dem Mond entgegentreiben.
»Einer Frau wäre das nicht passiert«, sagt Ruth Brendel

leichthin. »Nehmen Sie mich! Gut, schwimmen kann ich. Aber ich kann zum Beispiel nicht Tennis spielen. Na und? Ich bekenne mich dazu. Was ist dabei? Warum fiel ihm das so schwer? Erkläre mir einer die Männer! Aber was die betrifft, habe ich ohnehin aufgehört, nach Erklärungen zu suchen. Oder«, fragt sie mit undurchdringlichem Blick, »haben Sie vielleicht eine?«

Frieden Jetzt

Einen ganzen Verein für immer aus dem Register zu streichen gelingt nur wenigen. Friederike Kersten ist es geglückt. Den Verein »Frieden Jetzt«, der in Bremen jahrelang gute Werke tat, gibt es nicht mehr. Die entscheidungsfähige Mehrheit der Mitglieder hat sich in jene Regionen vertagt, in welcher der Frieden immer schon ist und wo er nimmer endet.

»Das Vereinsziel wurde erreicht«, erklärte mir Friederike bei unserem weihnachtlichen Familientreffen. Von meinen blonden Kusinen war sie nicht die hübscheste, an diesem Weihnachtsfest jedoch erschien sie engelhaft schön – bis mir klar wurde, dass es der Kontrast einer dunklen Aura war, der ihr Gesicht so leuchtend hervorhob.

Offenbar war sie tätig geworden. Sie hatte Frieden geschaffen, der Satzung ihres Vereins gemäß ohne Waffen. Bei einigen Gläsern schweren Julbieres erzählte sie mir, wie das geschah.

Es war bei der sommerlichen Landpartie des Vereins »Frieden Jetzt« zum Atomkraftwerk Stade. Am letzten Samstag des Juli hatten die einundzwanzig Aktivisten in Lühe eine vorbestellte Ausflugskutsche bestiegen. Der Wagen, der nahezu lautlos auf Gummireifen rollte, wurde von zwei Alt-Oldenburger Rappen gezogen. Die Fahrt war mithin frei von Schadstoffemissionen und senkte sogar symbolisch den stark überhöhten Ozonwert.

Die Sonne feierte die Hundstage. Die eingerollte Regenplane des Wagens war staubbedeckt. Menschen mit geringem ökologischen Bewusstsein ließen sich in Eiscafés Staphylokokken und Kolibakterien servieren oder räkelten sich unbekümmert im Schatten von Kastanien, deren Blätter sich vor der Zeit braun färbten, oder lagen am Deich und ließen gleichmütig Tanker vorbeiziehen, die bei einer Havarie ganze Küsten in Vogelfriedhöfe verwandeln würden. In den Vorgärten, an denen die Kutsche vorüberrollte, verspritzten Kinder aus Gartenschläuchen Trinkwasser, das den dreizehn Stämmen der Sahelzone das Leben retten könnte.
Nicht jeder in der Kutsche durchschaute die Sommeridylle mit derart unbestechlicher Klarheit. Es gab Frauen, die sich mehr um ihren zerlaufenen Lidstrich sorgten oder um ihre kneifenden Riemchensandalen, und Männer, denen der Alkoholgehalt der Kühltaschen wichtiger war. Zwar stand für alle im Verein der Frieden als allerhöchste Priorität fest, übrigens der ganzheitliche und nachhaltige Frieden, doch das galt nicht unbedingt bei jedem Wetter und zu jeder Tageszeit.
Nur der Vereinsvorsitzende, ein Enddreißiger namens Sascha Behn, verfügte über jenes eingeborene Gewissen, dem nichts Kriegstreibendes und Umweltgefährdendes entging – mit der fatalen Ausnahme eben des Anschlags, den Friederike gerade vorbereitete, als die Kutsche auf die Kreisstraße 39 einbog.
Ich habe mir den Schauplatz inzwischen angesehen. Die wenig befahrene Straße führt vorbei an sorgsam bepflanzten Grundstücken, von denen die meisten kaum tausend Quadratmeter umfassen. Den Plattenweg zur Haustür säumen Rabatten nach Art alter Bauerngärten, doch den

Hauptteil der Gärten nehmen akkurat gestutzte Rasenflächen ein.
In den Häuschen haben früher Kutterfischer gewohnt. Jetzt leben hier Angestellte, deren Arbeitsplatz eine Autostunde entfernt liegt. Zur Zeit der Fischer gewährte jedes Haus einen unvergleichlichen Blick auf die Elbe, zumindest vom oberen Stockwerk aus. Mittlerweile blickt man sogar vom Dachfirst nur noch dreißig Meter weit auf einen von Schafen beweideten Damm. Das ist der Deich, der im ganzen Stader Land nach spektakulären Sturmfluten auf über neun Meter erhöht worden ist.
Diese landschaftliche Verbindung – auf der einen Seite gepflegte Rasenflächen, in der Mitte eine verkehrsarme Straße, auf der anderen Seite der hoch aufsteigende Deich – unterstützte Friederikes finalen Friedensplan auf ideale Weise. Hundertprozentig zählen konnte sie auf diese Unterstützung allerdings nicht. Es waren Unwägbarkeiten im Spiel, mit denen ihr Vorsitzender sich keinesfalls abgefunden hätte.
»Aber ich war nie ehrgeizig«, sagt sie demütig. »Ich wollte nur einen Anstoß geben. Das Eigentliche muss stets der Natur selbst überlassen bleiben. Und sie hat das Ihre getan.«
Das klingt allzu bescheiden. Immerhin stand Friederike mit Feldstecher und Digitalkamera auf ihrem uneinsehbaren Posten im Schatten einer Bushaltestelle, als die Kutsche mit den einundzwanzig Friedensfreunden in die verhängnisvolle Deichstraße einschwenkte. Überdies hatte Friederike einen Komplizen gewonnen, der – genial und tragisch – von seiner Rolle nichts ahnte. Starrköpfig und hilflos stand er bereit und wartete auf ihr Zeichen.
Und nun, beim Countdown der letzten Minuten, wurde sie

doch nervös. Sie hatte geplant, was planbar war. Hatte sich sechs Wochen zuvor, bei der Reservierung des Wagens, die Strecke vom Kutscher präzise beschreiben lassen. War dann den gesamten Weg dreimal abgefahren, bevor sie sich für den idealen Schauplatz entschieden hatte. Und schließlich hatte sie sich zwei Tage vor dem Ausflug mit allen Anzeichen einer schweren Sommergrippe krankgemeldet.

So war sie die Einzige, die an der Ausfahrt nicht teilnehmen konnte. Nicht alle Vereinsmitglieder glaubten ihr Fieber und Reizhusten, zumal dies der erste Ausflug war, an dem Friederikes Nachfolgerin an der Seite Saschas teilnahm. Doch man vermisste Friederike nicht. Bei den Aktionen und Initiativen hatte sie keine herausragende Rolle gespielt. Sie war, wie die meisten anderen, Saschas wegen zur Gruppe gekommen.

Während die Kutsche nun an einem Mann vorbeirollte, der weit vorn in einem der ersten Gärten Lorbeerbüsche beschnitt, ein Mann, den Friederike als Attentäter hätte auswählen müssen, wenn nicht der andere, viel günstiger postierte, im richtigen Augenblick aus seinem Haus gekommen wäre – während also der Kutschwagen noch dreihundert Meter vom entscheidenden Punkt entfernt war, konnte sie im Feldstecher bereits deutlich das Banner mit der Aufschrift »Frieden Jetzt« lesen. Und dann erkannte sie auch das Konterfei Saschas.

Augenscheinlich erklärte er gerade etwas. Eigentlich erklärte er immer etwas, momentan vermutlich die verheerenden Folgen der Flussbegradigung oder die Auswirkung der Elbvertiefung auf die Statik der Deiche. Friederike hatte den Eindruck, dass die Bier trinkenden Friedensfreunde ihm nur müde zuhörten, doch das mochte daran liegen, dass sie selbst im Feldstecher nur seine Gesten sah und seine Worte nicht hörte. Es war ein schöner Stummfilm, den sie im Okular verfolgte. Denn Sascha war ein gut aussehender Mann, das ließ sich nicht leugnen, erst recht nicht so unmittelbar vor seinem Ende. Er war ein Mann mit Appeal, mit Strahlkraft und Charisma.

»Nur gewiss kein Mann des Friedens«, belehrte sie mich bei unserem Gespräch. »Über Sex Appeal und Charisma verfügen immer nur Krieger.« Während ich über diese Erkenntnis nachsann, fügte sie sanft hinzu: »Du dagegen, mein Lieber, du könntest ein echter Friedensfreund sein.«

Friederike hatte den betörenden Krieger kennen gelernt, als sie Bibliotheksdienste im Staatsarchiv der Stadt Bremen verrichtete. Sascha gab sich als durchreisender Geschichtsforscher aus und verlangte, die Listen der historischen Ehrenbürger zu studieren. Sie kannte ihn nicht und wusste erst recht nicht, dass er bereits monatelang die Archive von Provinzstädten abgraste auf der Suche nach immer nur demselben Namen. In Bremen wurde er nicht fündig, jedenfalls nicht historisch, aber immerhin in privater Hinsicht. Und dass seine neue Liebhaberin, eben Friederike, ihn an einen kollegialen Archivar nach Bremerhaven empfahl, erwies sich als Glücksgriff. Denn in Bremerhaven entdeckte Sascha endlich zehn Tage später, was er gesucht hatte.

Es war sensationell. Im Jahre 1937, anlässlich einer prahlerischen Marineparade, hatte die Stadt den leibhaftigen Adolf Hitler zum Ehrenbürger ernannt. Diese Ehrenbürgerschaft war offiziell nie getilgt oder widerrufen worden. Theoretisch bestand sie also noch! Ein abgründiger Skandal, den Sascha noch am Tag seiner Entdeckung der örtlichen Presse offenbarte. Aber erst die überregionalen Medien brachten den Durchbruch.

Nun trat Sascha im Fernsehen auf. Als Sprecher einer schnell wachsenden Initiative forderte er das sofortige Ende des Faschismus und klagte die Ewiggestrigen an. Er übertrieb, er verstieg sich, aber er war sehenswert. Bei dieser Gelegenheit entdeckte ich zum ersten Mal Friederike in den Abendnachrichten. Seitlich hinter ihm stehend, mit entschlossen gerunzelten Brauen, nickte sie heftig zu Saschas Thesen. Als ich sie ein paar Tage später anrief, erläuterte sie mir in kurzen Zügen die geheimen Verschwörungen globaler Konzerne und kündigte weitere atemberaubende Aufdeckungen an.

Doch das erwies sich als schwierig. Dem öffentlichen Triumph wollte so schnell kein weiterer folgen. Für die endgültige Tilgung des Namens Hitler aus der Liste der Ehrenbürger erhielt Sascha Dankschreiben sogar aus dem Ausland. Die Stadtväter hatten hinterwäldlerisch behauptet, eine Ehrenbürgerschaft erlösche ohnehin mit dem Tod. Ihr Zögern hatte ihm herrliche moralische Macht zugespielt. Doch dieser Glanz verblasste. Als auch in anderen Städten unerschrockene Bürger Hitler in alten Listen entdeckten, war das Aufsehen schon enttäuschend gering, bei Stalin gab es kaum mehr eine Randnotiz.

Anderer Stoff musste her. Die Initiativgruppe wurde nun als Verein »Frieden Jetzt« eingetragen, trieb Spenden auf und verlangte einen Mitgliedsbeitrag für die gerechte Sache. Sascha zog bei Friederike ein und entdeckte revanchismusverdächtige Straßennamen im Bremer Stadtplan, eine Ostpreußische Straße, eine Hindenburgallee, und forderte die sofortige Umbenennung. Für Anne Frank hätte er eine Mehrheit bekommen, aber die Straße gab es schon; Salvador Allende leider ebenfalls; bei Rosa Luxemburg bröckelte schon der Rückhalt. Und die Forderung, den Sedanplatz umzubennen in Georg-Elser-Platz, nach dem gescheiterten Hitler-Attentäter, fand nur anfangs ein dünnes Echo und versickerte dann in Gremien und Ausschüssen.

Sascha mangelte es nicht an Ideen, von denen einige auf Friederikes Inspiration zurückgingen. Sie ersann die »Bremer Klagemauer für Frieden und Völkerverständigung«, nach Art jener Mauer am Kölner Dom, an der friedliebende Bürger ihre guten Absichten in Form von Sprüchen und Versen kundtun. Tatsächlich wurde so eine Mauer vom Senat auch gewährt und unter Absingen internationaler Friedenslieder eingeweiht, nur leider nicht direkt am Dom, sondern etwas weiter, am alten Gaswerk. Dorthin pilgerten nach wenigen Wochen nur noch die Vereinsmitglieder; reihum mussten sie eigenhändig immer neue Forderungen an die Mächtigen anbringen. Das war ermüdend.

Die Aktivisten boten sich den Schulen als Referenten an. Im Verbund mit Lehrern, die glücklich waren über diese Abwechslung, schafften sie es einmal, farbige Handabdrücke von mehreren hundert Schülern zu sammeln, für ein riesiges Banner aus alten Laken. Drei Tage lang wurde es am Fernmeldebunker ausgehängt, unter dem Motto »Stoppt den Krieg«. Ein kleinerer Teil dieser Schüler fand sich noch einmal zusammen, als es galt, eine Fußgängerbrücke zu bemalen, mit Blumen, Sonnen, Tieren und anderen völkerverbindenden Friedensmotiven.

»Aber das wurde Sascha schon viel zu brav«, erzählte Friederike. »Ich sage ja: Er war ein geborener Krieger.«

Vielleicht hätte er für diese Bestimmung eine andere Laufbahn einschlagen sollen. Nun musste er miterleben, wie sein Verein sich einreihte in die schwer unterscheidbaren Gruppen auf Kirchentagen, Benefizveranstaltungen und Regenbogenfestivals. Seine Liebhaberin bewährte sich beim

Standpersonal, organisierte fleißig hier einen Basar, dort ein kleines Multikultifest sowie einen Friedensmarsch zum Jahrestag eines Brandanschlages. Doch das waren nicht die Triumphe, die Sascha vorschwebten. Im Vereinscafé verblassten die gerahmten Dankschreiben für den Hitler-Coup wie die gilbenden Urkunden eines Schützenvereins.

Der Fackelzug für eine Busspur und die ultimative Forderung an den Senat, im Ratssaal auf Tropenholz zu verzichten, muss selbst wohlmeinenden Förderern den Niedergang des Vereins vor Augen geführt haben. Von den ursprünglich über zweihundert Mitgliedern waren zuletzt außer Friederike nur noch jene einundzwanzig Aufrechten verblieben, die am 27. Juli 2002 auf jener Straße am Deich unterwegs waren. Auf Geheiß des Vorsitzenden sollte die Fahrt im Gartenlokal Bassenfleth enden, bei Scholle und Kartoffelsalat und unverstelltem Blick auf das schüttere Atomkraftwerk Stade. »Unsere Wunden«, gab Sascha als Parole aus, »dürfen sich nicht schließen.«

Doch es gab bereits andere offene Wunden. Im Verein keimte ein subtiler Kampf um die Macht. Er wäre womöglich in der Kutsche ausgefochten worden, wenn die Hitze nicht so kraftraubend und die zweite Runde Bier nicht so ermattend gewesen wären. Allein die neue Favoritin Saschas, die er wegen ihrer kühnen Thesen und wegen ihrer kühnen Figur zur Sprecherin machen wollte, blieb wach, denn sie trank nur Wasser. Sascha erhoffte sich von ihr neue Aufsehen erregende Erfolge. Immerhin hatte sie lückenlos bewiesen, dass der Anschlag aufs World Trade Center von der CIA durchgeführt worden war. Doch ausgerechnet gegen solche wirksamen Thesen regte sich bei älteren Vereinsfreunden Widerstand, wenn auch auf gewaltlose Art.

»Du kannst dir nicht vorstellen, was für ein unerbittlicher Krieg in Friedensgruppen tobt«, schärfte Friederike mir ein. »Nirgends kannst du so viel lächelnde Mordbereitschaft finden wie auf Kirchentagen und Friedensfestivals.«
Ich kenne mich da nicht aus. Deshalb widersprach ich nicht, zumal ich in dieser Behauptung eine leise Rechtfertigung vermutete für das, was sich nun auf der Kreisstraße 39 ereignete.
Um elf Uhr war die Kutsche in Lühe abgefahren. Um diese Zeit hatte Friederike in den Gärten der Deichstraße nur jenen Mann entdeckt, der die Lorbeerbüsche beschnitt, und das mit einer jämmerlich leisen Elektroschere. Am Samstagvormittag hatte sie mehr Tätigkeit in den Gärten erwartet. Nun sah sie ihren Plan gefährdet. Sie wanderte die Straße hinunter und meinte schon entfernt das Hufgeklapper zu hören, als im perfekten Moment und am perfekten Ort, nämlich ganz nah am schützenden Bus-Wartehäuschen, ein stämmiger Mann aus seiner Tür trat, kraftmeierisch zur Garage stelzte und wenig später einen Benzinrasenmäher daraus hervorzog.
Wegen der Hitze hatte der Mann lediglich ein Unterhemd an. »Das«, sagte Friederike, »war mein Schwarzenegger.« Als er seinen Rasenmäher anwarf, flohen die Vögel aus den Bäumen. »Ideal«, sagte Friederike. »Er war mein Terminator.«
Sie schlenderte beiläufig die Straße hinunter, balancierte an seiner Rasenkante entlang und lächelte ihm aufmunternd zu. Unerschütterlich zog er seine ohrenbetäubende Kampfmaschine über den Rasen. Sie winkte ihm. Er schien irritiert. Konnte sie wirklich ihn meinen? Sie nickte beschwingt. Sie deutete interessiert auf den Rasenmäher. Sie betrat den kleinen Plattenweg. Sie machte eine Handbewegung und bat mimisch: »Stellen Sie mal aus!«

Der Mann gehorchte schwerfällig. Sie stellte sich unter einem fremden Namen vor. »Entschuldigen Sie die ungewöhnliche Bitte. Ich bin Fotografin. Ich fotografiere Männer. Männer, die sexy sind. Männer, bei denen Frauen schwach werden. Männer bei der Arbeit. Ich mache das für einen Kalender, der nächstes Jahr erscheint. Und für einen Bildband. Sexy Männer bei der Arbeit. Und ich würde Sie gerne fotografieren. Sie sind sexy. Sie sind ideal.«
In der Pause, die nun entstand, und weil es nach dem Abschalten des Rasenmähers so vollkommen still war, hörte sie tatsächlich das Hufgeklapper. Der Wagen musste gleich um die Ecke biegen. Die Zeit war knapp. Der Mann starrte sie an. »Was ist los?«
Friederike lächelte ruhig, während ihr Herz zu pochen begann.
»Ich bin Fotografin«, wiederholte sie, während der Mann sich mit dem Zeigefinger die Ohren reinigte. »Ich mache einen Bildband und einen Kalender. Dafür fotografiere ich Männer. Erotische Männer. Sexy Männer. Männer wie Sie bei der Arbeit.«
Der Mann schüttelte verständnislos den Kopf. Friederike biss sich auf die Unterlippe.
»Ich habe Männer in Autowerkstätten fotografiert«, behauptete sie, »Kranführer, Bauarbeiter, Stahlkocher. Männer, die noch richtige Männer sind. Männer wie Sie.«
Entweder war der Mann störrisch oder begriffsstutzig oder taub. Oder er hatte die richtige Intuition. Er schüttelte jedenfalls abermals den Kopf.
»Ich möchte Sie fotografieren«, beharrte Friederike. »Einfach nur hier, wie Sie den Rasen mähen.«
Der dumpfe Ignorant machte Anstalten, seine Maschine wieder anzuwerfen. Das Hufgeklapper war jetzt so nahe, so

laut in Friederikes Ohren, dass das ganze Stader Land davon zu vibrieren schien. Der Boden bebte. Der Mantel des Atomkraftwerks bekam neue Risse.
»Bitte«, hauchte Friederike und sank auf die Knie. »Ich will doch nur ein einziges Foto machen. Wenn Sie den Rasenmäher anwerfen. In dem Augenblick. Von dort – von der Bushaltestelle aus. Ich hebe die Hand, und Sie werfen den Rasenmäher an. Das ist alles. Mehr ist es doch nicht! Bitte!«
Der Mann sah stumm auf sie herab. Er schluckte. Er war hilflos.
»Okay?«, fragte sie. »Kommen Sie.« Sie erhob sich und nahm ihn bei der Hand. »Hierher.« Sie zog ihn an den Rand, dorthin, wo der Rasen in den Gehweg überging. »Hier ist das Licht am besten. Auf diesem Streifen starten Sie gleich Ihren Rasenmäher. Wenn ich die Hand hebe. Okay? Ich fotografiere von dort aus, von der Bushaltestelle. Alles klar?«
Der Mann hatte den Rasenmäher blindlings mit sich gezogen.
»Genau hier«, wiederholte Friederike. »Aber erst, wenn ich die Hand hebe. Erst dann. Vorher muss ich noch die Belichtung messen. Es dauert zwei Minuten. Maximal. Ich hebe die Hand, Sie werfen das Ding an, ich fotografiere.«
Der Mann starrte sie an. Es war keine Zeit mehr. Friederike hastete zur Bushaltestelle zurück. Als sie eben das Wartehäuschen erreichte, bog das Gespann um die Ecke. Nun rollte die Kutsche heran. Friederike spähte durchs Fernglas. Sie sah das Banner »Frieden Jetzt«. Sie sah Sascha. Sah die müden Friedensfreunde. Ein Schwenk zur Seite, und sie hatte ihren Komplizen im Bild, der von seiner Rolle nichts wusste. Er glotzte zu ihr herüber. Sie durfte ihm jetzt nicht zuwinken, nicht einmal zunicken, sonst hätte er den Rasenmäher gestartet, viel zu früh. Der Wagen rollte ja gerade

erst an dem Mann vorüber, der weit oben die Lorbeerbüsche beschnitt.
Eben hatte sich die Kutsche noch zu schnell genähert, jetzt schien sie zu langsam zu fahren. Friederike konnte den Mann auf keinen Fall lange hinhalten. Er war zweifellos dumm oder eigensinnig und würde jedenfalls nicht ewig auf ihr Handzeichen warten. Sie tat so, als orientiere sie sich am Sonnenstand, prüfe die Belichtung, messe die Entfernung ab – und all das so sparsam, dass der Mann möglichst eine Ahnung davon bekam, während auf der Kutsche niemand etwas bemerkte.
»Es war so stressig, dass mir schlecht wurde«, erzählte Friederike. »Ich merkte, dass meine Hände zitterten. Ich habe geschwitzt, und zugleich war mir kalt. Ich wollte kotzen. Da habe ich gedacht: Es geht nicht. Aus. Ich schaffe es nicht. Vorbei. Ich bin nicht in der Lage dazu. Und ich habe gesagt: Mutter Natur, du allein weißt, was richtig ist. Ich gebe auf. Übernimm du. Und mit einem Seufzer der Erleichterung habe ich mich hingesetzt in die Bushaltestelle.«
Der Mann, dem ohnehin nichts von alledem eingeleuchtet hatte, beugte sich zum Reißband seines Rasenmähers. Er wollte ihn anwerfen. Viel zu früh. Na gut. So war es.
Aber, und das war nun endgültig ein Zeichen von Mutter Natur, der Rasenmäher sprang nicht an! Der Mann riss aufs Neue am Kabel. Nichts! Noch einmal. Vergeblich!
Und Friederike, in ihrer Bushaltestelle, lachte. »Jetzt, wo ich meinen Plan aufgegeben hatte, war mir leicht ums Herz. Und es hätte ja sowieso nicht funktioniert! Es war ein Vergnügen! Ich war froh! Adieu, Freunde, macht weiter, wie ihr wollt!«
Sie verließ ihren Posten und schritt im Sichtschatten des Wartehäuschens eilig davon. Eben verschwand sie um eine

Ligusterhecke in die Nebenstraße, da hörte sie das explosionsartige Zünden des Rasenmähers. Sie fuhr zusammen. Wandte sich um. Und sah alles.
Eine schwarze Qualmwolke schießt hoch. Rasenfetzen spritzen über die Straße, direkt vor die Hufe der Rappen. Die bäumen sich auf. Jetzt gehen sie durch. In jäher Panik ziehen sie den Wagen herum. Nun galoppieren sie den Deich hinauf, entsetzlich, mit wilder Kraft, unbezwingbar, unrettbar, hoch, höher, bis fast auf die Krone. Und da reißt der Wagen ab.
Friederike steht gebannt an der Ecke. Der Mann stellt seinen Mäher ab. Jetzt, langsam zuerst, rollt die Kutsche rückwärts. Nun den Deichhang hinunter. Jetzt bekommt sie Schwung. Nun rast sie. Noch schneller. Ein Achterbahnsturz! Nun trifft sie krachend die Straße. Kippt um. Holz birst. Bänke splittern. Trümmer und Staub schießen hoch. Ein Scheiterhaufen türmt sich auf. Darunter müssen die Friedensfreunde liegen. Oben am Deich stehen die Pferde.
»Ich bin lieber weggegangen, weit, immer weiter, ich wollte jetzt wandern und bin gewandert, ohne meine Füße zu spüren, und schließlich bin ich beim Atomkraftwerk Stade gewesen, ich habe es liegen sehen, da war ich also in Bassenfleth, und da war auch das Gartenlokal und der Tisch gedeckt, und in der Mitte stand ein Fähnchen ›Frieden Jetzt‹. Der Wirt saß im Schatten und wartete. Und da musste ich ein bisschen weinen.«
Das war keine Reue. Sie habe nur gemerkt, dass eine Phase in ihrem Leben unwiderruflich zum Abschluss gekommen war, erzählte mir Friederike. »Und das stimmt einen ja immer ein wenig traurig.«
Den Verein gab es nicht mehr. Am Tag darauf erfuhr Friederike, dass der Vorsitzende umstandslos in das Land jen-

seits aller Deiche und Meere gelangt war, mit ihm der Kassenwart, ebenso der vereinseigene Öko-Experte, der den Wachtelkönig aus den Weserauen gerettet hatte, sowie eine betagte Frau, die immer sehr hübsche Bilder gegen den Fremdenhass schuf.

Die anderen waren mit Brüchen und kleineren Wunden davongekommen. Friederike saß in den folgenden Wochen mitfühlend an manchem Krankenbett.

»Alle waren froh, dass es nun vorbei war mit dem Verein«, wollte sie mir einreden. »Nur die Jüngste, Saschas ekelhafte Neue, ist völlig unversehrt aufgestanden und hat bereits eine neue Initiative gegründet. Aber da macht keiner mit. Die will nun durchsetzen, dass Sascha posthum zum Ehrenbürger der Stadt Bremerhaven ernannt wird.«

Friederike wählte eine persönlichere Geste. Sie besuchte eine Woche danach die Unglücksstelle und legte einen Blumenstrauß ab, stellte ein paar Kerzen auf und zwei Stofftiere und, wie sie es von dergleichen Aktionen gewohnt war, ein witterungsbeständiges Schild mit der Frage ›Warum?‹.

Als ein Schatten über sie fiel, wusste sie sofort, wer hinter ihr stand. Sie atmete tief und wandte sich vorsichtig um.

»Ich habe ihm sofort angesehen, dass er nichts kapiert hat«, erzählte sie froh. »Er hat immer noch genau so geglotzt. Aber dann habe ich gemerkt, dass er seinen Rasen nicht weitergemäht hatte. Es sah nachlässig aus. Die Halme waren unanständig hoch gewachsen. Ich stand also auf und klopfte ihm auf die Schulter und sagte: ›Sie können jetzt weitermähen, mein Lieber, Sie brauchen nicht mehr auf mein Zeichen zu warten.‹«

Etwas verwirrt blickte der Mann auf das kleine Mahnmal, das Friederike errichtet hatte. Sie lächelte ihm tröstend zu.

»Ich glaube, es wäre ganz in deren Sinne, wenn Sie jetzt weitermähen. Denn Sie haben so viel für die getan. Also, danke – und gehen Sie. Mähen Sie. Alle haben ihren Frieden, jetzt.«

Die Unsterblichkeit

Großonkel Joseph war nicht allein mein Erbonkel, sondern auch der Erbonkel zahlreicher anderer Familienmitglieder. Wir alle machten ihm regelmäßig unsere Aufwartung. »Drückt nur die Daumen, Kinder«, sagte meine Mutter, seine Nichte, »dass er nie und nimmer ins Heim muss.«
Nach einer längst überholten Tradition hanseatischer Kaufleute hatte Joseph bis zu seinem fünfundsiebzigsten Geburtstag an der Gewohnheit festgehalten, Arztkosten aus eigener Tasche zu begleichen. Versicherungen hielt er für Betrugskartelle. Und nun würden sie ihn als Mitglied auch nicht mehr nehmen. Hätte er in ein Pflegeheim umziehen müssen, wären bei den unverschämten Tagessätzen und bei seiner ererbten Zählebigkeit die Millionen in wenigen Jahren dahingeschmolzen. Am Ende hätten wir einen Brief vom Sozialamt erhalten und wären am Unterhalt arm geworden. Das musste verhindert werden.
Joseph war ein großer Mann mit ausfahrenden Gesten und lauter, greinender Stimme, die er auch in Straßenbahnen und Restaurants nicht dämpfte. Während er sich über die Politik ereiferte, ruderte er wie ein Windrad mit den Armen und streute die Asche seiner unerschöpflichen Zigarre über die Zuhörer. Jeder hatte binnen kurzem heraus, dass seine Vorträge durch Einwürfe und Widerspruch nicht abzukürzen waren. Die meisten hörten also schweigend zu und lächelten das Lächeln der Nachgeborenen. Meine

Mutter hatte die Losung ausgegeben, er sei eine Persönlichkeit.
Nach zwei missglückten Affären und einer kurz vor der Heirat gelösten Verlobung hatte Joseph mit vierzig beschlossen, sein Leben als Junggeselle zu verbringen. Auf dem schwarz polierten Bechstein-Flügel, an dem er mit brüchigem Organ die Fragmente von Schubert-Liedern absang, standen das gold gerahmte Foto eines räudigen Schäferhundes, den er als den besten Freund seines Lebens bezeichnete, und ein Porträt eines Reitpferdes, das ihn nach zwei treuen Jahrzehnten abgeworfen hatte, so dass ich ihn nur hinkend kennen gelernt habe. Meine Mutter hatte ein Foto unserer Familie dazugestellt.
Als Joseph an einem Oktobersonntag aus einem dumpfen Mittagsschlaf erwachte, glaubte er, die Aura der Gegenstände und Zimmerpflanzen zu sehen. Er berichtete von der vibrierenden Unschärfe ihrer Doppelkonturen, als meine Mutter sich am Abend telefonisch nach seinem Wohlergehen erkundigte. Seine Sprache war so verschleiert, dass sie kaum dahinter kam, was er meinte. In einer ängstlichen Eingebung flehte sie ihn an, seine Füße hochzulegen, und fuhr zu ihm, um seine Bettruhe zu überwachen. Am folgenden Tag hatte er die gewöhnliche Sicht der Dinge wiedererlangt.
Beim Weihnachtsessen beschuldigte er meine Mutter, die Gans mit verdorbenen Maronen gestopft zu haben, die ihm Lippen und Zunge betäubten. Wir, die ihm gegenüber saßen, wurden unterdessen Zeuge, wie die rechte Hälfte seines Gesichtes ins Rutschen kam. Es sah aus wie ein in Zeitlupe zusammenstürzendes Hochhaus; die Fassade scheint als Ganzes abwärts zu gleiten und wahrt im Absacken noch für einen würdigen Augenblick ihre Gestalt, bevor sie sich

für immer in Staub und Trümmer auflöst. Wir nötigten ihn, sich auf die Couch zu legen. Auch diese Anwandlung ging vorüber. Doch wir wussten, dass es Zeit war zu handeln.
Als im Februar ein Regenschauer die gefrorenen Wege mit einer Eisschicht versiegelte, fiel uns ein, dass unser Onkel viel zu selten spazieren ging.
»Es ist nicht gut, dass er immer drinnen hockt«, sagte meine Mutter. Dann riefen wir ihn reihum an, um ihn zum Ausgehen zu ermutigen. Schließlich raffte er sich tatsächlich auf. Mit pochenden Herzen saßen wir in den folgenden Stunden neben dem Telefon. Keiner von uns war an diesem Tag ohne blaue Flecken oder verstauchte Handgelenke davongekommen. Auf den spiegelnden Straßen waren scharenweise Menschen gestürzt und unter die Räder geraten. Nicht einmal die Unfallwagen konnten sich über die glatt lackierten Flächen bewegen.
Nun warteten wir auf den erlösenden Anruf. Der kam gegen achtzehn Uhr. Onkel Joseph dankte uns für den guten Rat. Er sei nach einem wackeren Gang erquickt und froh heimgekehrt und fühle sich durch die frische Winterluft wohltuend gestärkt.
Zum Geburtstag im Mai spendierten wir Onkel Joseph ein Shampoo, damit er sein Geld nicht immer zur Friseurin trage, die sich auf vordergründige Weise bei ihm einschmeichelte.
»Alte Menschen müssen aktiv bleiben«, sagte meine Mutter. »Es ist besser für ihn, wenn er sein Haar selber wäscht.« Und damit es danach schnell wieder trocken würde, schenkten wir ihm obendrein einen Föhn. Mein elektrisch versierter Vetter installierte eine neue Steckdose im Badezimmer und erklärte Onkel Joseph, dass man einen Föhn am besten benutzt, während man in der Badewanne liegt,

damit man es von allen Seiten warm hat. Unser Onkel fand das überzeugend und hielt sich fortan daran. Es bekam ihm gut.

An einem schwülen Nachmittag Ende August durchfuhr Onkel Joseph der Blitz eines unsichtbaren Gewitters. Er saß im Lehnstuhl und hatte das Gefühl, ans Polster genagelt zu werden. Der zweite Blitz ließ ihn über die Lehne kippen. So fand ihn meine Mutter am Ende eines Tages voll vergeblicher Anrufe.

In Bad Homburg, einer deprimierenden Ballung von Krankenhäusern, Rehabilitationsstätten, Thermalbädern, Fastenkliniken und Cafés erlebte unser Onkel von nun an die unerbittliche Routine eines Pflegeheims. Sein Zimmer teilte er mit einem stumm dahindämmernden Herrn Marotzke.

»Dort wird sein Leben nun in die Länge gezogen«, klagte meine Mutter. »Und auf wessen Kosten? Auf seine eigenen Kosten! Noch hat er Geld!«

Im Wahn, er könne nach ein paar Wochen das Heim verlassen, weigerte der Onkel sich zu allem Überfluss auch noch, seine teure Wohnung zu kündigen. Wenn wir ihn besuchten, lag er stets in wächserner Starre und stierte an die Zimmerdecke. Doch sobald er uns wahrnahm, belebten sich seine Züge. Er begann wieder zu reden.

Nach einigen Monaten ereiferte er sich sogar beinahe wie früher, noch unverständlicher zwar als damals, doch brachte er es sogar fertig, mit den Armen zu fuchteln und Telefon und Saftglas vom Nachttisch zu fegen. Es war ein Jammer mit anzusehen, dass er nun unserem Einfluss entzogen war und sich dabei noch erholte. Wir machten uns Vorwürfe, dass wir nicht eher etwas getan hatten.

»Man hat einfach nicht die Zeit«, sagte meine Mutter, »sich so um die alten Menschen zu kümmern, wie es nötig wäre.«

Im Herbst bekam der Onkel einen Rollstuhl, der teurer war als ein Kleinwagen und den er ebenfalls selbst bezahlte. An sonnigen Tagen mussten wir ihn nun über die ebenen Wege des Kurparks schieben. Es schien in dem ganzen Ort weder Hügel noch Treppen zu geben, und sogar die flachsten Teiche waren von unüberwindlichen Mauern umgeben. Onkel Joseph genoss die Luft und die Sonne und gewann auf gespenstische Weise an Vitalität. Durch unentzifferbare Ausrufe und herrisches Gestikulieren wies er die Richtung, in die er gefahren werden wollte. Meine Mutter hatte beobachtet, dass er sogar im Schlaf mit den Armen fuchtelte. Meine Kusine war es, die auf die wunderbare Idee kam, ihm zum ersten Advent eine Kerze mitzubringen, auf dass er ein Licht habe in dieser dunklen Zeit. Der Onkel hasste Weihnachten. Er hasste auch die Lieder, die wir ihm sangen, während seinem stummen Zimmergenossen Marotzke Tränen der Rührung in die Augen traten.

Ich bin sicher, Onkel Joseph hasste auch die Kerze, die wir ihm auf dem Nachttisch aufstellten. Bevor wir uns verabschiedeten, zündeten wir sie an. Um ganz ehrlich zu sein, war ich es, der sie anzündete. Meine Kusine aber war es, die sagte: »Du solltest jetzt ein wenig schlafen, Joseph.« Und dabei betrachtete sie die langen Ärmel seines Nachthemdes.

Wir wanderten zurück durch den langen Gang mit den verschlossenen Türen, hinter denen sich nichts regte, vorbei am Zimmer der Nachtschwester, die uns hinter der Scheibe nicht einmal wahrnahm. »Man soll ja ins Licht gehen, wenn man stirbt«, sagte mein Vetter, der sich viel mit Grenzerfahrungen und Nahtod-Forschung beschäftigt hat.

Als wir uns unten vor dem Haus umdrehten, war es mir, als sähe ich bereits den Schein des Feuers im Fenster. Wir fuhren schnell heim, um unsere eigene kleine Adventsfeier im Kreis der Erbengemeinschaft zu halten.

Am späten Abend rief meine Mutter im Pflegeheim an. Doch weder auf der Station noch im Zimmer unseres Onkels nahm jemand ab. Meine Mutter nickte viel sagend. Wir verbrachten die Nacht in schlafloser Unruhe.

Am Vormittag ereilte uns die schreckliche Nachricht. Bei einem Fluchtversuch mit dem Rollstuhl habe unser Onkel eine Kerze umgestoßen, die neben seinem Bett brannte. Das sofort ausgebrochene Feuer sei zwar von der Sprinkleranlage gelöscht worden. Doch für einen der Heimbewohner sei jede Rettung zu spät gekommen.

Den ganzen Tag saßen wir bedrückt und wortlos beisammen. »Eigentlich«, sagte meine Mutter, »müsste die Familie Marotzke uns etwas abgeben von ihrem Erbe.«

Aber den Gedanken, die Familie anzusprechen, haben wir schnell wieder fallen gelassen. Das ist acht Jahre her. Doch noch heute stellen wir uns immer wieder vor, wie die Marotzkes in Saus und Braus leben, und zwar dank unserer Fürsorge, während Onkel Joseph längst zum Sozialfall geworden ist und uns mit seiner Unsterblichkeit langsam und unwiderstehlich in den Ruin treibt.